LES TRENTE SIX VOLONTÉS DE MADEMOISELLE

PAR

J.T. de SAINT-GERMAIN.

Imp. Lemercier & Cie Paris.

LES

TRENTE-SIX VOLONTÉS

DE

MADEMOISELLE

PUBLICATION TARDIEU

PARIS — IMP. SIMON RAÇON ET COMP., RUE D'ERFURTH 1.

LES

TRENTE-SIX VOLONTÉS

DE

MADEMOISELLE

PAR

J. T. DE SAINT-GERMAIN

(JULES TARDIEU)

DESSINS DE CH. VERNIER

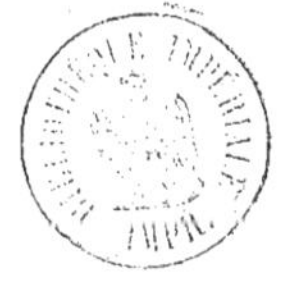

PARIS
JOSEPH ALBANEL, LIBRAIRE
15, RUE DE TOURNON, 15

1870

LES

TRENTE-SIX VOLONTÉS

DE MADEMOISELLE

I

MADEMOISELLE

On l'appelle Mademoiselle.

Mademoiselle quoi? mademoiselle Louise? mademoiselle Marie? mademoiselle Jeanne? mademoiselle Claire?...

-- Non; on l'appelle MADEMOISELLE tout court. Elle a onze ans, elle est petite, toute mignonne et délicate; sa taille est celle d'un enfant de neuf ans, sa tenue est celle d'une grande demoiselle; c'est une petite miniature de femme; c'est une belle dame vue par le gros bout de la lorgnette qui rapetisse les objets. Elle parle de tout, elle donne son avis sur tout, elle approuve, elle critique, elle juge, elle protége. Sa prononciation est parfaite, ses gestes sont mesurés; elle est avancée pour son âge; — elle est insupportable.

Les fruits hâtifs venus en serre chaude n'ont ni saveur ni parfum; nous n'aimons que les fruits mûrs. Dieu nous garde des enfants avancés pour leur âge.

L'enfance est si aimable et si charmante quand elle veut bien être elle-même, quand sa faiblesse, sa douceur, sa grâce, implorent la protection et attirent à elle tous les cœurs. Mais l'habitude de mettre les enfants en évidence, de les costumer d'une façon extravagante, d'en faire des petits prodiges, de les écouter comme des oracles, tout cela doit développer leur vanité, les détourner de la simplicité de leur nature, et les rendre quelquefois intolérables.

Elle est un peu excusable, cette petite merveille du ridicule, parce qu'elle n'a plus sa mère qui aurait eu sans doute assez de bon sens et de raison pour réprimer ses instincts d'égoïsme, d'orgueil et de domination.

Elle n'est pas même heureuse d'être riche, car elle comprend que cette fortune, ce luxe, ces équipages, ces riches toilettes, ces nombreux serviteurs, tout cela lui est bien dû. Il ne lui vient pas même à l'esprit qu'elle pourrait être pauvre.

Mais elle est bien malheureuse de s'appeler mademoiselle Machin, parce que ce nom, qui n'est pas plus ridicule que bon nombre d'autres, fait toujours sourire ses compagnes.

Dans les réunions des jeunes filles, sous les grands arbres des Tuileries, première école où l'enfance fait déjà l'apprentissage de la vanité, de l'orgueil, de l'envie, de la rivalité, Mademoiselle l'emporte sur le plus grand nombre en gentillesse, en grâce, en distinction, en toilette, en fortune; mais ses jeunes amies ont découvert qu'elle s'appelle mademoiselle Machin, c'est pour elle un chagrin qui anéantit tous ses plaisirs.

Voyez à quoi tient le bonheur! Si elle s'appelait seulement Méchin, comme elle le prononce avec affectation, elle serait heureuse; mais elle n'a pas même une carte de visite, parce qu'il faudrait y inscrire en toutes lettres « mademoiselle Machin. »

M. Machin, son père, avait gagné une immense fortune dans l'exploitation des carrières de Montrouge et dans la vente des pierres de taille. C'était le bon moment, puisqu'on élevait un nouveau Paris monumental sur les ruines de l'ancienne ville.

Comme ces pierres qu'il vendait bien cher ne lui coûtaient pas grand' chose, il s'était amusé à faire construire pour lui-même un hôtel, orné d'un mobilier somptueux et de toutes les recherches du luxe, et sur la grande porte, on lisait en lettres d'or : Hôtel Machin; il n'y avait pas à s'en dédire.

Mademoiselle occupait au premier étage un appartement d'une rare élégance. Elle avait sous ses *ordres* sa jeune femme de chambre, Claudine, sa dame de compagnie, madame Lebrun, et son vieux professeur, M. Grimaud. Elle était trop familière avec la première, toujours en guerre avec la seconde, et elle aurait volontiers donné des leçons au troisième au lieu d'en recevoir. M. Machin donnait toujours raison à sa fille, et ne permettait à aucun de ses serviteurs de s'en plaindre ; il la trouvait si charmante, si parfaite, si *avancée pour son âge*.

S'il n'avait tenu à honneur de conserver intact le nom de *Machin*, qu'il avait rendu célèbre chez les entrepreneurs de bâtiments et chez les tailleurs de pierre, il l'aurait abandonné à sa fille adorée, ou du moins il lui aurait permis de le défigurer à sa manière ; mais son abnégation ne pouvait aller jusqu'à un tel sacrifice de son honneur, et en cela il faisait preuve de bon sens. Il aurait plutôt renoncé à sa fortune qu'au nom qu'il avait illustré. Il aurait considéré comme une faiblesse et une humiliation de consentir à s'appeler Méchin.

Du reste, il entendait que Mademoiselle fît « *ses trente-six volontés*, » c'était son expression favorite. Ses subordonnés qui désiraient conserver leur place dans l'hôtel Machin, se le tenaient pour dit, et Mademoiselle avait soin de le leur rappeler en toute occasion.

Pourquoi M. Machin, qui était un homme d'expérience et de bon sens, avait-il la faiblesse de passer à Mademoiselle toutes ses fantaisies? Comment lui, si simple, si laborieux, tout occupé des autres, permettait-il à sa fille de lutter d'élégance avec les plus riches, de négliger ses études, et de ne penser qu'à son plaisir?

C'est que sa petite Madeleine était tout ce qui lui restait de sa famille. Il était grand et robuste, et elle était toute mignonne et délicate. Il avait été longtemps dans une grande inquiétude sur la vie et la santé de son enfant, il voulait ménager cette frêle nature.

Il avait une apparence un peu rude et commune, et Madeleine était toute gentille et gracieuse. Il s'exprimait avec quelque difficulté, bien qu'il eût de bonnes choses à dire, et Madeleine, qui ne savait rien, avait la parole facile, trop facile peut-être ; ce contraste augmentait son admiration.

C'était une fleur fragile qu'il voulait élever en serre chaude. Il ne pouvait consentir à s'en séparer. C'est pour elle qu'il avait fait construire son hôtel dans le quartier des Champs-Élysées, et qu'il avait renoncé à sa modeste maison de Montrouge. Il ne trouvait rien de trop beau pour Mademoiselle.

Pour tout le reste, il faisait l'usage le plus honorable de son immense fortune. Il avait une sollicitude paternelle pour tous les ouvriers et employés qui étaient sous ses ordres, et il s'occupait de leur bien-être. Il les soulageait dans les mauvais jours, les considérait comme ses collaborateurs, et leur assurait un petit revenu pour la fin de leur carrière. Sa conduite était donc un modèle de raison et de sagesse, tant qu'il ne s'agissait pas de sa chère Madeleine.

Il avait commandé pour Mademoiselle une voiture élégante qui avait tout l'air d'une miniature ; les chevaux et le groom étaient dans les mêmes proportions exiguës. Sa plus grande satisfaction était de dire à ses gens : Faites avancer la voiture de Mademoiselle.

Il est bien évident que, si mal dirigée et autorisée à n'en faire qu'à sa tête, mademoiselle Machin devait devenir insupportable, et elle ne s'en faisait pas faute.

Quand on a une belle fortune, un bel hôtel et une riche héritière, il faut bien recevoir, se faire honneur de ce qu'on a, donner des bals, des soirées, des concerts, pour faire l'exhibition de ses salons en enfilade; offrir de beaux dîners, pour montrer son argenterie, ses porcelaines et ses cristaux. Dans ce cas, les amis ne manquent pas; M. Machin avait donc beaucoup d'amis; il en avait tout autant que s'il s'était appelé Méchin, selon les vœux de sa fille. Une réunion nombreuse se pressait à certains jours dans le grand salon de réception. Mademoiselle avait *son jour!*

Mademoiselle faisait les honneurs de la maison, quand elle était en humeur de jouer à la dame. Bien qu'elle n'eût pas sa langue dans sa poche, elle écoutait beaucoup; elle avait une mémoire imperturbable, elle connaissait tout le monde. Elle racontait les anecdotes du jour; elle y mettait des petites finesses et des sous-entendus incroyables; c'était comme une petite poupée qui aurait pris la parole; l'illusion était complète.

Les gens naïfs s'en émerveillaient, les gens sensés en souffraient, les railleurs s'en amusaient, mais elle avait réponse à tout.

Elle avait, ces jours-là, une grande toilette de maîtresse de maison, un énorme paquet de faux cheveux derrière sa petite tête, une légère nuance de *rouge* sur ses joues pâles, une robe à effet, dont la queue était démesurée. Elle était perchée sur une chaise très-élevée pour dissimuler sa petite taille. Elle balançait négligemment un éventail de prix, en faisant de petites mines et en imitant la voix traînante des belles dames.

Quelquefois, au milieu d'un discours très-sensé, elle oubliait sa gravité pour aller jouer comme une petite folle avec des jeunes filles de son âge qu'elle avait invitées.

II

MADEMOISELLE FAIT LA CHARITÉ

On est disposé à tout excuser chez une enfant gâtée, tout, excepté une méchante nature. Si Mademoiselle était souvent insupportable, ce n'était jamais dans l'intention de faire de la peine; c'était seulement pour ne pas se gêner. Dans le fond, elle avait bon cœur, et elle était généreuse. Il ne lui manquait que du jugement pour faire tomber ses libéralités en bonnes mains.

M. Machin, qui se souvenait de ses modestes commencements, était heureux d'encourager la générosité de sa fille. Il lui semblait que c'était un petit ange qui allait porter sous l'humble toit la consolation et l'espérance. Outre l'argent qu'il mettait largement à sa disposition pour les menus plaisirs de la riche héritière, il apportait aussi son offrande à la bourse des pauvres, bourse élégante que Mademoiselle plaçait en évidence sur la cheminée du salon de réception.

Elle levait un impôt indirect sur les visiteurs.

Elle avait toujours dans ses poches un grand nombre de billets de loterie de charité. Et pour avoir ses entrées dans le salon il fallait *prendre ses billets.*

Les invités ne manquaient pas de réfléchir qu'au lieu de prendre dans la bourse des autres, il serait plus simple de laisser à chacun l'initiative de sa charité, de donner un dîner ou un bal de moins, et d'employer tout l'argent inutilement dépensé à secourir une infortune. Mais ils s'exécutaient, sauf à demander eux-mêmes la charité dans les mêmes intentions, sans rien retrancher de leurs plaisirs dispendieux.

Cette coutume a bien un peu l'inconvénient d'encourager la vanité et l'ostentation. Elle est contraire au précepte évangélique qui dit : « Que votre main gauche ignore ce que donne votre main droite ; » mais la vanité de quelques-uns ne doit pas décourager les bonnes âmes.

Après tout, cette concurrence tourne au profit de toutes les misères, et ceux mêmes qui critiquent cette mise en scène ne sauraient refuser leur obole à une voix d'enfant qui dit ces paroles irrésistibles : *Pour les pauvres !*

Mais encore faudrait-il savoir choisir ses protégés. Mademoiselle n'avait pas assez d'expérience et de discernement pour une tâche si difficile. Elle se laissait prendre par la gentillesse d'un enfant, l'étrangeté d'un costume, la singularité d'une rencontre, et elle était souvent dupe de ses entraînements.

Une belle aventurière qui lui racontait des malheurs imaginaires, fut longtemps en faveur parce qu'elle avait découvert le faible de sa bienfaitrice ; elle exploitait sa vanité et l'appelait, tant qu'elle voulait, mademoiselle *de Méchin.*

Mademoiselle avait bien sous la main une famille intéressante qui lui était recommandée par son père. C'était la veuve d'un habile ouvrier que M. Machin avait eu longtemps à son service. Cette veuve avait deux filles, dont l'aînée était languissante.

Mademoiselle fit dans cette humble maison quelques visites de charité ; et elle daigna demander le nom de la petite malade.

— Sauf votre respect, dit la mère, ma belle demoiselle, elle s'appelle Madeleine. Ce n'est pas un nom bien *bourgeois*, mais il convient à des pauvres gens comme nous.

Mademoiselle fit un mouvement de dépit, et devint toute rouge. La mère ne comprenait pas comment une si simple réponse pouvait faire une telle impression sur sa bienfaitrice. — C'est que cette innocente réponse avait blessé Mademoiselle dans sa vanité et dans son orgueil.

Elle ne pouvait souffrir ce nom modeste, que ses parents lui avaient donné dans leur simplicité primitive!

Elle, une riche héritière! s'appeler Madeleine, comme une petite pauvresse! — Et la mère qui avouait que le nom était trop commun et qui s'en excusait! c'était avoir trop de malheur.

Mademoiselle ne retourna jamais dans la maison de cette petite mal-apprise, qui osait s'appeler Madeleine, mais elle chargea de ses libéralités M. Grimaud qui était en même temps son professeur, son intendant et son secrétaire.

III

MADEMOISELLE JOUE A LA BOURSE

Que n'a-t-on pas inventé pour provoquer, pour exciter la vanité des jeunes filles, pour les mettre en évidence?

Nous avons eu les matinées enfantines; les bals d'enfants, les modes d'enfants, les travestissements d'enfants; les théâtres d'enfants, les concerts d'enfants, les conférences d'enfants.

Dans ces petites fêtes prétentieuses, la principale préoccupation des jeunes filles est-elle de s'amuser? Hélas! elles ne pensent quelquefois qu'à se faire remarquer par leur tournure, par leur costume, par leur élégance, par leur succès.

Les parents ont la faiblesse de s'amuser de cette comédie, qui enlève à l'enfance la simplicité, la naïveté, le naturel, tous ces dons charmants que nous aimons en elle.

Mais on a trouvé mieux que cela; on a constitué la bourse des enfants, la petite bourse, la bourse des timbres-poste, bien entendu; c'est tout ce qu'il en faut pour développer chez les enfants l'avidité et un penchant qui va quelquefois jusqu'à la passion.

Voyez plutôt dans les Champs-Élysées, non loin du Cirque de l'Impératrice, ces groupes qui se forment, qui s'agitent, qui discutent, qui crient! La corbeille de fleurs devient la corbeille des agents de change du timbre-poste. Les garçons se mêlent aux jeunes filles; ils examinent les collections et demandent les prix. Et la compagnie est-elle toujours irréprochable?

Les joueurs ont leur carnet et leurs échantillons. Tel timbre est à la hausse, tel autre

tombe au-dessous du cours; les spéculateurs, les marchands, les courtiers marrons se glissent dans cette foule d'innocents et y font leurs affaires. Ils citent telle collection complète qui s'est vendue 2,000 francs! cela donne du cœur aux joueurs.

Cette jeunesse ardente se tient au courant des changements de gouvernements, des révolutions lointaines qui peuvent apporter une modification dans l'effigie des timbres-poste. Mademoiselle Machin était une des plus célèbres joueuses; on l'appelait la petite marquise à cause de ses grands airs. Non-seulement elle avait un riche album, mais elle spéculait. Quand un nouveau timbre paraissait *sur la place*, elle achetait tout le *disponible;* son jeu, alors, était de faire la hausse et de revendre au poids de l'or les *valeurs* qu'elle avait accaparées.

Mais elle avait quelquefois des liquidations déplorables. La révolution des Principautés danubiennes lui fut fatale. Les nouveaux timbres qu'elle avait payés comme des billets de banque furent tellement dépréciés par un arrivage inattendu, qu'elle fut obligée d'avoir recours à son père pour sa fin de mois.

Toute personne venant dans *son* salon était tenue de lui promettre des timbres-poste étrangers; et par cette insistance elle obtenait quelquefois des variétés très-enviées des amateurs.

M. Machin trouvait cela très-fort. Il prétendait que c'était un moyen de savoir la géographie: il s'émerveillait d'entendre sa fille lui nommer les plus petites principautés de la Confédération, les plus lointaines contrées de l'Australie qui avaient créé des timbres-poste. Mais ne vaudrait-il pas autant consulter un dictionnaire géographique?

Encore si Mademoiselle avait réuni dans son album les plus jolies fleurs recueillies dans ses promenades champêtres; ou si elle y avait copié de belles pensées, des traits d'esprit, des poésies choisies dans ses lectures, cela aurait peut-être bien valu ces timbres-poste d'une propreté douteuse.

Mais Mademoiselle était attendue à la Bourse.

IV

MADEMOISELLE FAIT LES MODES

M. Machin avait déjà découvert bien des qualités dans sa fille; et il croyait avoir le droit d'en être fier.

En effet elle tenait un salon comme une belle dame (sauf les prétentions ridicules d'une petite fille); elle était bienfaisante comme une dame de charité (sauf les erreurs de sa vanité), enfin entendue aux affaires comme un agent de change (sauf les désastres de fin courant); une autre surprise attendait le père idolâtre de cette bonne ménagère.

Mademoiselle congédia sa modiste; elle déclara que cette artiste n'avait pas assez d'idées, d'invention, d'originalité, et qu'elle entendait faire elle-même ses chapeaux à sa guise. Il n'y aurait plus de *façons* à payer. Quant à l'étoffe, il n'en fallait pas parler, puisque les chapeaux du jour sont réduits à leur plus simple expression; cela serait donc une économie complète.

L'économie ne fut pas cependant aussi notable que Mademoiselle l'avait espéré, parce qu'elle acheta dix fois plus de satin, de velours, de rubans, de fleurs, de plumes, de grelots, de chaînons et de paillettes qu'il n'en fallait. Et puis elle s'amusait à *composer* des coiffures pour ses amies et connaissances.

Si bizarre et si étrange que pût être ce qu'elle imagina, elle ne dépassa pas sans doute la démence des modistes en renom; mais elle pouvait du moins soutenir la concurrence.

Seulement elle manquait un peu de suite dans les idées : c'est ce qui empêcha son *établissement* de prospérer.

Un de ses triomphes fut la visite qu'elle fit un matin chez sa cousine Louise, au moment où celle-ci allait partir pour la promenade.

— Ah! ma chère Louise, s'écria-t-elle, comme te voilà coiffée! cela ne peut plus aller, mon enfant; ton chapeau est de l'autre monde. As-tu seulement une demi-heure à me donner? je vais te faire avec tous ces chiffons une coiffure délicieuse, une assiette remplie de fleurs, comme nous les portons aujourd'hui. Non, Louise, tu ne peux sortir avec un pareil *casque;* tu ressembles à ta grand'mère.

Louise, qui était beaucoup plus âgée que sa cousine Madeleine, se laissa convaincre

MADEMOISELLE FAIT DES MODES

par cette petite folle; elle abandonna son chapeau et le livra à son entreprenante amie.

— C'est moins que rien, disait mademoiselle Machin, en détachant les épingles, en décousant et en dispersant le velours, les rubans et tout ce qui s'ensuit, en jetant les fleurs, les plumes et les chaînes autour d'elle.

— Nous y voici, tu vois comme c'est simple : je prends tout bonnement un fil de laiton. Eh bien ! où est donc ton fil de laiton ?

— Mais, ma chère, dit Louise toute confuse, je n'en ai pas.

— Comment ! pas un fil de laiton? voilà une maison bien montée ! tu peux du moins en envoyer chercher dans un magasin? c'est l'affaire d'un instant.

Louise envoya sa bonne chercher l'indispensable fil de laiton.

— Tu vas voir comme c'est facile, dit mademoiselle Machin. Où sont tes pâquerettes? tu n'en as qu'une douzaine? ce n'est pas assez, il nous faut une pleine assiettée de pâquerettes.

— Je n'en ai plus, dit Louise consternée.

— Tiens, voici un modèle; fais-en demander bien vite un cent, chez la fleuriste qui est à ta porte.

La docile Louise envoya la cuisinière chez la fleuriste, pendant que la bonne était chez la mercière.

Survint une amie de Louise; on parla d'autre chose, on se mit au piano, on dit mille folies.

Le fil de laiton n'arrivait pas!

Quant aux pâquerettes, la cuisinière était peut-être allée les cueillir.

— Ma chère, dit mademoiselle Machin, en regardant la pendule; déjà deux heures ! on m'attend à la Bourse.

— Et mon chapeau ? dit Louise avec désespoir, en regardant les fleurs, les plumes, les dentelles, les rubans, les garnitures, les chaînes et tous les chiffons dispersés sur le tapis.

— Il n'y en a plus que pour un moment, dit mademoiselle Machin ; je te *finirai* ton chapeau un autre jour.

— Je n'en ai pas d'autre ! dit Louise.

Mademoiselle Machin était déjà partie. On l'attendait à la Bourse des timbres-poste.

V

MADEMOISELLE VA A LA CHASSE

Après quelques succès dans le genre de celui que nous avons rapporté, la fantaisie des modes fut bientôt passée comme d'autres caprices avaient été déjà oubliés ; et le matériel dispendieux de l'atelier de modiste fut abandonné à la petite femme de chambre ; mais il fallait bien avoir une autre idée.

Mademoiselle Machin rencontra un jour, dans ses promenades, un jeune garçon qui était armé d'un filet de gaze et qui poursuivait les papillons et les insectes ailés.

Elle le vit après de longs efforts s'emparer d'une de ces merveilles de beauté, d'éclat, de légèreté, d'élégance, d'un de ces petits êtres dont les ailes impalpables ont toute la splendeur de l'acier, de l'argent, de l'or, du rubis, du diamant, d'une de ces fleurs vivantes qu'on appelle un papillon, et qui, selon le vœu de la Providence, n'ont d'autre mission que de charmer nos yeux, de se balancer dans l'espace comme un trait d'union mystérieux et symbolique entre la terre et le ciel. Le chasseur attacha sa pauvre victime avec une épingle et la fixa avec tout le sérieux d'un amateur dans sa boîte d'entomologiste.

Mademoiselle Machin demanda au jeune garçon la permission d'examiner l'intérieur de la boîte ; elle fut dans l'admiration de cette riche récolte.

Jamais elle n'avait rien vu de si curieux, de si varié, de si éblouissant. Et pourquoi n'aurait-elle pas, elle aussi, sa collection entomologique ?

Ses désirs étaient des ordres ; elle commanda aussitôt l'acquisition de plusieurs filets de gaze à long et à court manche, d'une boîte spéciale, des divers instruments de supplice nécessaires pour l'exécution de ses cruels projets, et enfin d'un livre décrivant et reproduisant les principales espèces des environs de Paris.

La jeune femme de chambre, Claudine, fut requise pour lui prêter main-forte ; et, la saison étant favorable, les deux chasseresses, accompagnées de M. Grimaud, se rendirent au bois de Boulogne, et rencontrèrent bientôt le gibier insaisissable qu'elles convoitaient.

La maîtresse et la suivante étaient aussi inhabiles l'une que l'autre. Un heureux (ou

plutôt malheureux) coup de filet fit enfin tomber en leur pouvoir un magnifique *Vulcain*, belle espèce, très-commune en ces parages.

Le pauvre animal se débattait dans sa prison de gaze ; Mademoiselle le saisit adroitement par son corselet, et demanda à Claudine d'atteindre bien vite dans la boîte une de ces longues épingles, instrument de supplice de ces innocentes créatures.

Elle tenait déjà l'épingle ; mais au moment d'accomplir le meurtre, elle sentit le vulcain qui agitait convulsivement ses ailes couvertes d'une poussière de pourpre et d'azur ; il lui semblait que, sous ses petits doigts, elle sentait les battements du cœur de celui qui allait mourir.

— Oh! non, dit-elle, je ne pourrai jamais! — Tiens, Claudine, viens vite et prends cette épingle.

Elle consentait encore à voir le condamné souffrir et mourir ; mais pour ménager sa sensibilité et sa conscience, elle ne voulait pas avoir la responsabilité du crime.

— Moi, mademoiselle, s'écria Claudine, que je tue la pauvre petite bête! oh bien non! piquez-moi plutôt la main avec votre épingle.

— Mademoiselle est sensible? dit la maîtresse avec dérision. Ne jouez donc pas la comédie, mon enfant, et faites ce que je vous dis.

— Et que nous a-t-elle fait, la pauvre créature? C'est donc parce qu'elle est belle que nous allons la tuer? Si elle était monstrueuse, comme l'araignée que nous avons vue tout à l'heure, vous en auriez peur et vous vous sauveriez.

— Claudine, dit mademoiselle Machin, avec tout le sérieux d'une grande dame, vous savez que je ne vous passerai pas ces caprices. Voulez-vous, oui ou non, prendre cette épingle et obéir?

Claudine prit l'épingle d'une main et le papillon de l'autre ; elle tremblait bien fort, et puis, tout d'un coup elle jeta l'épingle à terre et elle lança dans l'espace le papillon, qui reprit son vol et disparut au-dessus des arbres.

Comment mademoiselle Machin, qui n'a jamais admis une résistance à ses ordres et à ses caprices, va-t-elle supporter cette révolte de sa suivante?

Elle s'avança toute pâle vers Claudine, les bras croisés sur sa petite poitrine.

— Si je vous renvoyais, mademoiselle, dit-elle gravement, qu'auriez-vous à dire?

Claudine ne paraissait pas se repentir de son action ; mais elle ne trouvait rien à répondre.

— Eh bien non, reprit tout à coup mademoiselle Machin, en changeant de ton avec sa mobilité accoutumée, non, tu es une bonne fille ; viens que je t'embrasse pour te remercier de n'avoir pas été aussi méchante que moi.

Et les deux jeunes filles, oubliant de tout cœur la différence de leur situation, s'embrassèrent comme deux camarades.

Un promeneur s'était arrêté derrière les deux enfants, et il attendait avec curiosité le dénoûment de cette scène. Il tenait un livre à la main, et il avait interrompu sa lecture ; son attention était encore captivée par l'imperturbable sérieux et les airs d'importance de cette petite fille ; c'était un de ces braves gens du temps passé qui suivent encore l'enfance dans ses jeux avec affection et intérêt ; son âge mûr l'autorisait à prendre la parole.

— Bravo, dit-il en ramassant l'épingle rejetée par Claudine, voilà de braves enfants.

Mademoiselle Machin et sa suivante se retournèrent avec un mouvement de surprise et d'effroi.

— Ne craignez rien, mesdemoiselles, dit le promeneur, je ne suis pas membre de la Société protectrice des insectes, et je ne vous aurais pas dressé procès-verbal ; mais j'ai été heureux de votre bon mouvement. Je ne dis pas, hélas, que le sort de votre papillon soit plus assuré ; une hirondelle, en passant, s'en emparera peut-être, sans le moindre scrupule, pour le porter à ses petits ; mais elle ne fera qu'obéir à sa nature.

— Et pourquoi ? demanda mademoiselle Machin, Dieu permet-il aux hirondelles de manger les papillons ?

— Et vous, mademoiselle, ne vous permettez-vous pas de manger une aile de perdrix ? Le papillon est peut-être le gibier des hirondelles. Mais nous n'avons pas le droit de détruire les créatures que Dieu n'a créées que pour le plaisir des yeux ; cela n'est permis qu'aux savants qui font des recherches pour l'avancement de la science ; vous avez donc obéi à un bon mouvement en faisant grâce à votre prisonnier ; et en échange de cette épingle que je veux garder, permettez-moi de vous offrir mon livre. Si vous arrêtez seulement vos yeux sur la page que je lisais à ce moment même, vous serez récompensée de votre bonne action.

M. Grimaud, qui était assis dans le voisinage, pour laisser courir les jeunes filles, s'était rapproché en les voyant engagées dans un entretien avec un étranger.

— Non, monsieur, disait mademoiselle Machin en minaudant, je ne veux pas de récompense ; pourquoi vous priverais-je du livre que vous aimez ? Mais pour vous prouver que je ne veux plus faire la guerre à vos protégés, je veux tout de suite déposer les armes.

Et en effet elle déchira le léger filet de gaze qui avait servi de prison au papillon, et elle lança les engins brisés dans un taillis.

— Eh bien, mademoiselle, dit le promeneur, signons la paix en nous donnant une poignée de main et pardonnez-moi de m'être mêlé de vos affaires.

Après avoir causé quelques instants avec M. Grimaud, il tendit aussi la main à Claudine, dont la résistance avait sauvé la vie au papillon ; et il disparut dans une allée tournante.

VI

MADEMOISELLE AIME LA LECTURE

Mademoiselle Machin était fière de sa journée de la veille, et il y avait de quoi. Elle regardait comme un beau trait d'avoir épargné les jours du papillon, et son humilité s'arrangeait assez d'avoir eu un témoin de sa clémence.

Elle regrettait maintenant de n'avoir pas accepté le livre qui lui était offert de si bonne grâce et de n'avoir pas lu au moins la page qui lui était recommandée.

M. Machin paraissait toujours le plus heureux et surtout le plus indulgent des pères; il trouvait tout pour le mieux, pourvu que son nom ne fût pas défiguré par les fantaisies de sa fille ; c'était le seul point sur lequel il fût intraitable.

Il avait approuvé les projets de Mademoiselle, quand elle avait entrepris d'étudier l'entomologie ; il avait mis aussitôt à sa disposition tout le matériel et les livres nécessaires ; mais depuis, il avait été informé par le bon M. Grimaud des incidents de la première chasse.

M. Machin avait appris avec émotion que sa fille, cédant à sa sensibilité, n'avait pu ordonner la mort de son premier prisonnier, ou du moins qu'elle avait approuvé la résistance de Claudine ; il préféra encore cette preuve de la bonté de son cœur à l'accroissement de ses connaissances, et, avec sa bienveillance accoutumée, il cherchait un moyen de la récompenser.

— Voyons, mon enfant, lui dit-il, puisque tu renonces à l'étude des papillons, dis-moi ce que je puis te donner pour te faire plaisir.

— Merci, cher père, dit-elle avec abnégation, je n'ai envie que d'une chose, et c'est ce que vous ne pouvez me donner.

— Dis-moi seulement ce que c'est, tu verras que je saurai te satisfaire.

— Non, c'est un livre qui m'a été proposé par un monsieur que nous avons rencontré ; mais je l'ai refusé par discrétion.

— Tu as bien fait de le refuser, mais dis-moi seulement le titre, nous allons l'envoyer chercher.

— Malheureusement, nous ne le savons pas. M. Grimaud l'a demandé, et il n'a pu l'obtenir.

A ce moment même, Claudine apportait un paquet et une lettre à l'adresse de M. Machin.

— Si tu ne sais pas même le sujet du livre, dit en souriant le bon père, tes regrets ne seront pas de longue durée.

— Il s'agissait certainement de la guerre aux papillons, mais comment savoir le titre du livre?

— Attends un peu, mon enfant, reprit M. Machin après avoir parcouru la lettre: voici, je crois de bonnes nouvelles. Écoute ceci:

« Monsieur,

« J'ai rencontré hier, au bois de Boulogne, mademoiselle votre fille, au moment où, par un sentiment de charité, elle renonçait à la chasse aux papillons. J'ai pris la liberté de lui faire compliment de sa clémence et de lui offrir un livre que, par discrétion, elle n'a pas voulu accepter.

« Étant parvenu à savoir votre adresse, je vous prie, monsieur, de vouloir bien offrir ce livre à mademoiselle Machin, de la part d'un père de famille: après avoir lu la page que j'ai marquée, elle se félicitera davantage de sa résolution.

« Mademoiselle n'aura aucun prétexte de refuser ce souvenir d'un inconnu, puisque je ne lui laisse pas le moyen de me le rendre.

« Agréez, monsieur, les excuses et les très-humbles salutations d'un *promeneur*. »

— C'est en effet une adresse bien vague, dit M. Machin un peu embarrassé de cet envoi. Et nous refusons toujours le livre?

— Certainement, je dois le refuser. Mais comment a-t-il pu savoir notre adresse? Mademoiselle Claudine doit bien y être pour quelque chose!

— C'est un recueil de poésies choisies dans les meilleurs auteurs, dit M. Machin en examinant le volume, et voici en effet une page marquée d'un signet.

Mademoiselle ne put résister au désir de connaître au moins cette page, et elle lut les vers suivants:

Voyez le bijoutier. Plus l'œuvre est rétrécie,
Plus l'art se montre grand jusqu'en sa minutie.
Les insectes aussi, joyaux d'or et de feu,
Font surtout ressortir la main d'œuvre de Dieu.
C'est lui qui travailla ces palpes, ces élytres,
Ces armets, ces cimiers, ces tiares, ces mitres,
Lui qui les fit de jaspe, et d'agate et d'émail,

Coiffa l'un d'un turban et l'autre d'un camail,
S'amusant à vêtir mouches et scarabées
De pourpoints somptueux, de manteaux, de trabées,
De brassards, de cuissards si beaux, si bien fourbis,
Qu'ils ont l'éclat de l'or, du bronze, du rubis,
Et que ces frêles corps, mécaniques savantes,
Ont l'air en s'agitant d'escarboucles vivantes...

— La description est jolie, dit M. Machin; voilà donc, mademoiselle, les charmantes créatures que vous aviez vouées à la destruction! Mais pardon, j'ai interrompu ta lecture.

— Oh! non, la pièce est trop longue; j'aurais besoin de l'étudier pour la bien dire.

— Donne-nous au moins la conclusion et dis-nous le nom de l'auteur.

Mademoiselle Machin regarda à la fin du morceau.

— C'est signé: Amédée Pommier, dit-elle, et je vous lirai encore les derniers vers[1]:

Et cependant ces riens, joyaux de la nature,
Si lisible, de Dieu portant la signature,
Ces atomes vivants, si bien configurés,
Des hommes malfaisants, brutaux, dénaturés,
Des êtres sans pitié, qui sont à ces peuplades
Ce qu'à nous autres nains seraient des Encelades,
Armés d'engins subtils, de filets, de réseaux,
Les poursuivent dans l'air, dans les prés, sur les eaux,
Et, maîtres une fois de ces faibles captures,
Les font agoniser dans d'atroces tortures,
Pauvres êtres chétifs, d'une épingle troués,
Et dans un fond de boîte affreusement cloués.

— Eh bien! mon enfant, dit M. Machin, voilà la récompense qui t'a été promise; tu es contente de n'avoir pas mérité ces malédictions du poëte. Si tous les morceaux du recueil sont aussi bien choisis, tu pourras garder sans scrupule un livre qui t'a été offert de si bonne grâce; nous aurons peut-être quelque occasion de rencontrer et de remercier le donateur.

[1] Nous n'avons pu découvrir le recueil de morceaux choisis qui contient ces vers, mais on trouvera cette pièce dans un ouvrage de M. A. Pommier, intitulé : *Les Colifichets*. (Note de l'Éditeur.)

VII

MADEMOISELLE JOUE LA COMÉDIE

M. Machin, quelle que fût son indulgence, ne laissait pas absolument à Mademoiselle le choix de ses lectures. Le recueil de poésies fut soumis à l'examen et à la censure de M. Grimaud, son professeur expérimenté; et comme le livre fut trouvé irréprochable, Mademoiselle en prit possession, et elle se mit à copier sur son album les beaux vers d'Amédée Pommier avec toute l'ardeur qu'elle apportait dans ses occupations nouvelles. Elle réunit dans son album beaucoup d'autres poésies, comme un botaniste recueille des fleurs dans son herbier.

Mais pourquoi, elle-même, ne ferait-elle pas des vers? cela ne lui paraissait pas bien difficile. Elle aligna quelques vers, sans s'inquiéter autrement de la césure, de la mesure et des rimes masculines et féminines, et quand elle fut satisfaite de son œuvre, elle convoqua ses jeunes amies à une soirée littéraire, dans laquelle elle se réserva le premier rôle.

L'effet qu'elle obtint fut tout autre que celui qu'elle avait espéré. M. Grimaud eut beaucoup de peine à lui persuader que la poésie est un art qui obéit à certaines règles; toutefois elle finit par comprendre qu'elle avait été ridicule; c'était bien quelque chose.

Elle avait encore besoin de quelques leçons du même genre pour revenir à la simplicité qui convient à l'enfance.

Le peu de succès de la pièce de vers produisit-il au moins quelque heureux effet? Mademoiselle Machin en devint-elle plus circonspecte? chercha-t-elle à se rendre compte des règles de la prosodie? Elle s'en garda bien; elle y renonça, et ce ne fut pas dommage, car il n'y a pas pour les jeunes filles une prétention plus ridicule.

Aucune remontrance n'avait d'action sur cette petite nature révoltée; ce qu'elle redoutait surtout, c'était la moquerie. — Comme nous l'avons dit, quand elle allait aux Tuileries, quand elle se mêlait aux groupes des jeunes filles qu'elle avait l'habitude d'y rencontrer sous les beaux ombrages, elle entendait répéter à voix basse autour d'elle : « *C'est la petite machinette.* » Alors elle était tentée de s'enfuir, au lieu d'accepter de bonne grâce cette innocente plaisanterie.

MADEMOISELLE JOUE LA COMÉDIE

Puisqu'elle était si susceptible à propos d'un ridicule imaginaire, c'était bien le cas de ne pas s'exposer volontairement à la moquerie, par les entreprises téméraires que lui dictait sa vanité.

Mais mademoiselle Machin n'avait pas encore assez de soumission, de suite dans les idées, pour se donner la peine d'apprendre quelque chose ; sa grande prétention était de tout savoir sans avoir rien appris. M. Grimaud n'avait pas une autorité suffisante pour dominer cette nature rétive. Sa science et sa bonne volonté n'y pouvaient rien, et madame Lebrun, sa dame de compagnie, n'avait pas plus de succès.

M. Machin était cependant un homme de sens qui, par son travail et son intelligence, était arrivé à la considération et à la fortune. Il ne manquait pas d'instruction. Son affection pour sa fille unique l'aveuglait-elle donc assez pour qu'il la laissât, par faiblesse, s'égarer dans toutes ses fantaisies ? On serait tenté de croire qu'il avait quelque intention secrète, et qu'il voulait voir si Mademoiselle ne se fatiguerait pas un jour de toutes les déceptions qu'elle s'attirait par ses imprudences. C'était peut-être un moyen comme un autre de la corriger.

En attendant, il ne s'opposait pas à ses fantaisies, et quand il fut question d'une représentation théâtrale, il approuva ce nouveau caprice, prévoyant probablement qu'une nouvelle leçon pourrait résulter de cette épreuve.

Mademoiselle Machin aurait bien voulu jouer la comédie toute seule, comme elle avait fait toute seule de la poésie ; mais il fallait bien s'adjoindre quelques compagnes.

On choisit, d'un commun accord, une petite pièce dans laquelle ne figurent que des demoiselles. Cela s'appelait *le Miracle des Roses*. Luigi Bordèse a composé pour cette opérette de salon les plus charmantes mélodies ; mais encore faut-il prendre la peine de les étudier et avoir assez de voix et de talent pour les chanter.

Mademoiselle Machin ne s'inquiétait pas autrement de ces détails ; elle ne voyait, dans cette représentation, qu'une occasion de porter un costume de fantaisie.

Il y a dans la pièce un principal rôle ; c'est celui de *Mignon*, qui, dans la scène du *Miracle des Roses*, doit représenter le personnage de sainte Élisabeth.

Pour réussir dans ce rôle, il faut une jeune personne d'environ dix-huit ans, d'une belle prestance et d'une jolie figure ; il faut aussi une voix agréable et un talent d'exécution.

Or mademoiselle Machin paraissait à peine avoir dix ans ; c'était une enfant ; elle était toute petite, elle ne savait pas chanter, et elle avait une petite voix grêle et perçante qui n'avait rien de séduisant. C'est pourquoi elle tenait expressément à jouer le rôle de *Mignon*.

Elle avait commencé par commander à sa couturière le double costume nécessaire pour le rôle, celui d'une pensionnaire de couvent et celui d'Élisabeth, la noble épouse du landgrave de Thuringe ; elle n'avait oublié ni le manteau de cour, ni le diadème.

Quand les jeunes filles qui devaient figurer dans l'opérette furent réunies, il fut bien impossible à mademoiselle Machin de chanter en mesure.

Elle essaya cependant de commencer la cavatine de Mignon :

Si Dieu m'avait fait naître
Dans le palais des rois,
J'aurais à ma fenêtre
Une rose des bois...

Mais la voix de la cantatrice était si revêche que mademoiselle Machin ne paraissait avoir pour le moment sur sa fenêtre que tous les chats du quartier.

Le professeur de chant qu'il fallut bien s'adjoindre pour diriger les répétitions, lui fit enfin comprendre qu'elle était trop petite et trop jeune pour jouer le rôle, tandis que mademoiselle Louise réunissait toutes les conditions requises pour y réussir.

— Eh bien ! dit mademoiselle Machin, je prends le rôle du landgrave. J'aurai un grand panache rouge et de belles moustaches.

On eut bien de la peine à lui persuader que le grand panache ne suffit pas. On lui fit observer que ce rôle était pour elle encore plus difficile, qu'il fallait une voix de contralto, une grande taille, une nature forte et énergique.

Enfin le professeur osa lui dire qu'il n'y avait dans la pièce qu'un rôle qui pouvait lui convenir à cause de son âge ; c'était celui d'une petite mendiante du nom de Madelon. Elle ne paraissait qu'à la dernière scène et elle n'avait que quelques couplets faciles à chanter.

Le nom de Madelon, comme on sait, ne convenait guère à mademoiselle Machin.

— Oh bien ! dit-elle vivement, si c'est là tout ce dont vous me croyez capable, n'en parlons plus ; je ne jouerai pas. Et elle se retira de fort mauvaise humeur.

Claudine, l'intelligente petite femme de chambre, fut chargée de la remplacer ; mais quand Mademoiselle vit qu'on pouvait si bien se passer d'elle, elle songea encore au brillant costume qu'elle avait commandé ; et comme, par politesse, on la priait de nouveau de reprendre le rôle :

— Écoutez, dit-elle avec condescendance, je veux bien jouer votre petite mendiante, mais vous me laisserez m'habiller comme je voudrai.

— Laissez-la faire, mesdemoiselles, dit M. Machin qui assistait par hasard à cette discussion. Je suis bien aise de la voir reconnaître son impuissance et accepter un rôle secondaire ; nous aurons ainsi le plaisir d'entendre sa cousine Louise dans le rôle de Mignon.

Les choses étant ainsi convenues, tous les rôles étant distribués à la convenance et dans les moyens des jeunes filles qui devaient les remplir, ce fut pour tout le monde une grande occupation.

On étudiait les rôles, on les répétait, on préparait les costumes et les décorations ; car il n'y a pas de bouleversement pareil à celui qu'apporte dans une maison la manie de jouer la comédie.

Le grand jour, ou plutôt le grand soir fixé pour la représentation arriva enfin. Les familles des jeunes filles qui devaient jouer dans la pièce avaient été invitées, et la réunion était nombreuse.

Louise fut ravissante dans le rôle de Mignon, surtout dans la scène du *miracle des roses*, où elle représentait Élisabeth.

Son costume était simple, mais elle portait sa longue robe traînante et sa couronne de carton avec tant de noblesse qu'elle réunit tous les suffrages ; les autres rôles étaient convenablement étudiés.

Enfin la pièce touchait à sa fin sans encombre. Il restait la scène de la petite mendiante qui vient demander la charité à Mignon et à ses compagnes. Il faut, bien entendu, qu'elle paraisse souffrante, épuisée, misérable, pour inspirer la compassion.

Or, mademoiselle Machin avait ménagé une surprise aux spectateurs ; elle avait eu l'idée originale de paraître dans le riche costume d'Élisabeth, avec son manteau quasi royal et son diadème d'or et de verroterie aux vives couleurs.

Mignon, pouvant à peine garder son sérieux, l'interrogea avec bonté, lui demanda son nom, et c'est dans ce splendide apparat que la mendiante répondit en chantant son premier couplet :

Moi, je me nomme Madeleine,
Mais on m'appelle Madelon ;
Notre mère est bien dans la peine,
Nous trouvons le chemin bien long.

Elle eut un succès d'hilarité auquel elle ne pouvait s'attendre, et qui faillit compromettre la représentation. En effet, si sa mère était bien dans la peine, pourquoi avait-elle un diadème d'or ? Il lui fut impossible de continuer sa chanson. Elle se retira en traînant après elle la queue de son manteau royal, avec toute la fierté d'une reine outragée.

Heureusement Claudine était en mesure pour reprendre le rôle.

— Eh bien, mon enfant, lui dit le lendemain M. Machin avec bonhomie, il paraît que tu as produit un grand effet avec ton costume de princesse. Je sais bien qu'un habillement plus modeste aurait été plus en rapport avec le rôle d'une petite mendiante ; mais j'ai bien recommandé qu'on te laissât faire toutes tes volontés, car avant tout je veux que tu aies de l'agrément et que personne ne te contrarie.

M. Machin n'en dit rien de plus. Mais cela donna à réfléchir à la jeune fille ; elle commença à supposer que son père avait ses projets en la traitant avec tant d'indulgence ; cela lui profita peut-être autant et plus que des remontrances qu'elle n'aurait pas écoutées.

Pour éviter à l'avenir des moqueries qui blessaient son extrême amour-propre, elle prit de bonnes résolutions, mais devaient-elles être durables ?

VIII

L'HOTEL MACHIN

Après ce nouvel échec pour sa vanité, mademoiselle Machin sentit le besoin de perdre un peu de vue ses compagnes : leurs ménagements lui rappelaient ses débuts ridicules dans l'art dramatique, et leur silence même l'offensait.

Sa tante Gertrude, sœur de M. Machin, devait partir pour les bains de mer avec sa cousine Louise. Mademoiselle obtint sans peine de son père, qui se prêtait à tous ses caprices, la permission d'être du voyage.

L'habitude du beau monde est de transporter sur les bords de la mer toutes les élégances parisiennes et de les exagérer même.

Au lieu de vivre dans la contemplation de cette grande et puissante nature, les dames du monde ont pris à tâche d'étaler sur ces plages un luxe qui fait un trop vif contraste avec les privations, les dangers, le deuil des familles de pêcheurs qui les entourent.

Mademoiselle Machin, qui avait entendu le récit de ces fêtes, de ces débauches de la mode, eût été bien fâchée de se singulariser par une simplicité qui lui eût paru de mauvais goût.

Elle consulta les journaux de mode, qui sont rédigés sous l'influence des tailleurs et des modistes; ces industriels ont tout avantage à provoquer les prodigalités dont ils donnent le programme.

M. Machin, qui avait peut-être ses intentions, lui donna carte blanche. Elle se mit donc à faire ses commandes en s'adressant à toutes les célébrités dont les produits étaient annoncés et recommandés par les oracles de la mode. Elle se trouva bien modeste et bien modérée en se proposant de n'emporter qu'une robe pour chaque jour, c'est-à-dire, une douzaine de robes neuves.

Pendant ces préparatifs, M. Machin fut obligé de faire un voyage à Lyon, et n'y devait passer que quelques jours. Sa fille demeura gardée par sa compagnie habituelle, sous la surveillance de sa tante Gertrude.

Mademoiselle n'oublia rien de ce qui pouvait donner plus d'éclat à son arrivée à

Dieppe. — Elle savait que les noms des étrangers étaient inscrits à leur arrivée sur les listes du Casino. — Comment faire?

Son père lui avait bien défendu de rien changer à son nom. C'était un point sur lequel il ne plaisantait pas. Mais elle avait entendu dire que beaucoup d'artistes avaient *italianisé* leur nom sans y rien changer, en y ajoutant seulement un *i* final.

Si de Massin on avait fait Massini, de Barbier, Barbieri, il était bien facile avec le nom vulgaire de Machin de faire Machini ; mademoiselle Machini ! cela n'aurait-il pas tout à fait bon air sur le livre d'or du Casino ?

Elle ne put résister à cette tentation. — Elle commanda chez Susse des cartes armoriées. Mais en rentrant chez elle, elle lut en grosses lettres d'or sur la porte de la maison : *Hôtel Machin !* cela lui fit faire un retour inquiétant sur son entreprise.

« — Cependant, se dit-elle après réflexion, ce serait aussi facile à changer sur la porte que sur la carte. — Et encore il n'y aurait rien à changer. C'est une lettre d'or à ajouter, et il y a juste la place pour un *i* sur le marbre noir. Mon père gronderait bien un peu, mais quand ce serait fait, il n'en serait pas trop fâché et il se déciderait bien à le laisser. »

Toutefois, elle n'osa pas commander elle-même ce changement ; elle voulait avoir au moins un complice. — Elle chargea M. Grimaud de cette commission délicate. — Elle lui fit entendre que c'était une surprise qu'elle voulait ménager à M. Machin, qui en serait enchanté. — Elle lui cita tous les exemples que lui présentait son esprit inventif ; elle essaya même de lui prouver que son père pouvait bien s'appeler Machini, puisque un compositeur se faisait appeler Rossini. — Du reste, ajouta-t-elle, en prenant ses grands airs de maîtresse de maison, mon cher monsieur Grimaud, ceci est entre moi et mon père ; si vous ne voulez pas vous en charger, c'est bien simple ; je ferai ma commission moi-même.

M. Grimaud parut consentir enfin à exécuter les ordres de Mademoiselle, mais au lieu d'aller chez le marbrier que concernait ce travail, il passa au télégraphe et il envoya à M. Machin cette dépêche laconique :

« Mademoiselle ajoute un I à votre nom sur la porte de l'hôtel, consentez-vous ? »

Tout cela ne dépassait pas vingt mots, adresse comprise.

M. Grimaud, qui s'était fait adresser la réponse bureau restant, pour n'avoir de compte à rendre à personne, recevait, une heure après, ces mots très-précis, qui le surprirent étrangement :

« Oui, si elle le veut absolument, laissez-la inscrire sur ma porte : *Hôtel Machini.* »

C'était encore dans la limite des vingts mots tolérés ; il n'y a pas de petites économies.

Cependant l'autorisation était positive ; cette condition « *si elle le veut absolument* » ne laissait pas que de donner à penser au prudent Grimaud.

Il crut devoir faire un nouvel effort ; il prétendit que le marbrier n'était pas chez lui ; il demanda si Mademoiselle ne voulait pas attendre le retour très-prochain de son père.

La trouvant dans les mêmes dispositions, il ne voulut pas, malgré l'autorisation qu'il avait en portefeuille, prendre lui-même la responsabilité d'un changement si inexplicable. Il proposa à Mademoiselle de faire elle-même cette commande, *si elle le voulait absolument ;* il consentit seulement à l'accompagner.

La présence de M. Grimaud ne fut pas inutile pour décider le marbrier à faire immédiatement ce travail, qu'il aurait peut-être ajourné si une petite fille était venue seule en faire la commande.

Un praticien arriva aussitôt avec ses outils. A la place du point final, il creusa dans le marbre noir un I qui trouva parfaitement sa place. Le doreur vint à son tour donner à cette dernière lettre l'éclat des autres caractères, et les passants auraient pu croire que cette résidence s'était toujours appelée HÔTEL MACHINI.

IX

MADEMOISELLE, TOURISTE

Quand M. Machin fut de retour, il garda un silence complet au sujet des changements apportés à l'inscription de son hôtel.

Mademoiselle en était quelque peu embarrassée. Était-il possible que son père n'eût pas remarqué l'inscription nouvelle sur laquelle, d'ailleurs, on avait dû appeler son attention ? Ce silence était-il une autorisation tacite, ou bien était-il une preuve de mécontentement? Elle aurait peut-être mieux aimé une explication, mais elle n'osait la provoquer.

Elle fut plusieurs fois sur le point de montrer au moins sa carte de visite, mais elle craignait une défense absolue, car son père avait exprimé très-sérieusement ses intentions sur ce point. Elle garda donc son secret, et elle n'était pas sans inquiétude sur ce qui pouvait en résulter.

Cependant les couturières, les tailleurs, les modistes, ne se hâtaient pas d'apporter les robes, les manteaux, les chapeaux qui avaient été commandés.

Mademoiselle avait déjà rempli plusieurs malles des objets qu'elle devait emporter. De plus, elle avait fait faire une caisse immense, monumentale, pour le trousseau complet de robes neuves qui devait arriver d'un jour à l'autre. Il n'eût fallu qu'une porte et une fenêtre pour y loger convenablement mademoiselle Machin, qui n'était guère plus grande qu'une poupée. M. Machin contempla silencieusement cet édifice ; puis enfin il demanda au fournisseur, en présence de Mademoiselle, s'il ne pourrait pas en procurer une plus grande.

— Monsieur, dit le marchand, je pourrais vous la faire aussi grande que vous voudrez ; mais celle-ci, comme vous voyez, peut à peine passer par les portes battantes ; c'est notre plus grand modèle.

— Il faut donc s'en contenter, dit philosophiquement M. Machin, qui semblait avoir ses projets.

La tante Gertrude ne pouvait retarder plus longtemps son départ, et sa fille Louise était aussi impatiente. Il fut convenu que M. Machin voudrait bien recevoir les robes attendues, les faire emballer avec le plus grand soin, et les expédier par grande vitesse. Mademoiselle avait été essayer tout cela chez les couturières, et elle avait donné ses dernières instructions.

Les bagages qu'elle emportait avec elle faisaient déjà le chargement d'une voiture. A la rigueur cela pouvait suffire pour les premiers jours.

L'arrivée à Dieppe ne fit pas autant de sensation que Mademoiselle l'avait espéré.

Le nom de *Machini* fut inscrit sur la liste du Casino sans avoir un autre retentissement.

Dans l'hôtel qu'elle habitait, sur la plage, il y avait quelques marquises et duchesses, ce qui diminua sensiblement le prestige de mademoiselle Machini, dont les titres de noblesse étaient plus contestables. Elle attribua le peu d'effet qu'elle produisait pour le moment, à la privation de ses costumes de fantaisie, et elle se promettait de jouer un rôle plus brillant.

En attendant, elle assistait aux promenades, aux concerts, aux bals, aux représentations, à tous les divertissements inventés pour occuper le désœuvrement des baigneurs.

Le tableau de la mer, de ses grandeurs, de ses beautés, de son calme, de ses fureurs, tout cela ne la touchait pas autrement.

Dans les salons dorés du Casino, elle entendait avec délices une chanson comique ou un joueur de guitare, sans prêter l'oreille à la grande voix de l'Océan, sans songer à la vague puissante qui grondait en déferlant sur les grèves, au grand péril des fragiles barques des pêcheurs. Elle ne faisait en cela que suivre la mode.

Pour celui qui sait voir, cependant, il y a au bord de la mer tant de merveilles à admirer, sans parler des grands spectacles de la nature !

A la marée basse, on découvre, dans les anfractuosités des roches laissées à nu, des animaux étranges, des coquillages inconnus, des plantes marines aux vives couleurs.

Dans la contemplation d'une simple flaque d'eau salée, un curieux trouverait de quoi passer une journée amusante en suivant ces petits êtres dans leurs jeux et dans leurs combats.

Les cailloux mêmes, roulés par la vague, polis par le frottement et mouillés par l'eau de mer, sont pareils à des pierres précieuses. On en ferait des colliers et des bracelets ; mais tout cela eût paru bien vulgaire à mademoiselle Machin.

Elle avait bien autre chose à faire : elle écrivait souvent à ses fournisseurs pour réclamer les objets commandés dont elle ne pouvait se passer plus longtemps.

Elle avait aussi informé son père que l'appartement, le seul qu'elles eussent trouvé disponible sur la plage, était assez confortable, mais qu'il lui manquait une chambre à coucher. Elle était donc obligée de coucher dans la chambre de sa cousine Louise. Elle trouvait bien désagréable, disait-elle, de ne pouvoir, même avec son argent, obtenir toutes ses aises.

Mademoiselle se plaignait surtout de sa tante Gertrude, qui ne la gâtait pas autant que son bon père, ne voulait lui passer aucune de ses fantaisies, et n'avait pas seulement consenti à lui abandonner sa chambre.

M. Machin, qui avait tout observé, voyant que les désappointements successifs de sa fille ne lui avaient pas donné plus de sagesse, et n'avaient rien diminué de ses prétentions, résolut enfin d'adopter un autre système.

Il répondit à sa fille, qu'en voyage surtout, il serait peut-être mieux de savoir se passer de ce qui n'est pas indispensable, mais que, malgré les graves occupations que lui donnaient quelques affaires *inquiétantes*, il lui envoyait ce qu'elle demandait avec tant d'instances.

Ce fut une grande nouvelle à Dieppe ; Mademoiselle convoqua plusieurs jeunes filles élégantes qui habitaient le même hôtel, et dont elle avait fait la connaissance. Elle tenait à les faire assister au déballage de la caisse pour jouir de leur admiration.

Quand cet immense colis arriva, il fallut quatre hommes pour le monter au second étage.

La caisse enveloppée, pour plus de précaution, d'une forte toile grise, portait pour adresse : A Mademoiselle Machin.

La tante fit observer qu'il manquait un *i* sur l'adresse, mais qu'on pouvait s'en passer. Quand l'enveloppe fut décousue, c'est à peine si Mademoiselle reconnut sa caisse. Au milieu on avait pratiqué une porte, et sur le côté une fenêtre, enfin c'était devenu une véritable maison blanche avec des contrevents verts.

— Oh ! la bonne plaisanterie, dit mademoiselle Machin en riant du bout des lèvres, je crois que mon père a voulu critiquer les dimensions de ma caisse, mais cela ne prouve pas qu'elle soit aussi grande qu'une maison ; ce serait bon pour mettre le lit d'une poupée.

Pendant qu'elle parlait ainsi, pour faire bonne contenance, Claudine, sa femme de chambre, essayait d'ouvrir la caisse. La porte s'ouvrit en effet à deux battants, qui se replièrent l'un sur l'autre, et dégagèrent entièrement la façade.

Et que contenait la caisse monumentale? Il n'y avait pas une seule des robes impatiemment attendues ; mais on y trouva le petit lit de mademoiselle Machin, celui là même qui était à son usage à Paris ; ce meuble y avait trouvé parfaitement sa place.

La caisse était garnie à l'intérieur d'un papier de tenture, et une inscription placée dans le fond portait en toutes lettres : *Chambre à coucher de Mademoiselle.*

En ménageant bien l'espace, on avait encore trouvé place pour une petite table, deux tabourets, un paquet de livres et tout un petit mobilier de voyage.

Les jeunes filles qui assistaient à ce singulier déballage n'avaient été convoquées que pour admirer les élégances de la dernière mode. Elles trouvèrent cette surprise très-amusante, mais Mademoiselle n'était pas de cet avis. Elle supporta cependant cette rude épreuve avec assez de résolution.

— Oui, dit-elle, sans se déconcerter, puisqu'on n'a pas voulu me procurer ici une chambre, j'ai fait venir la mienne.

M. Machin ne s'était pas trompé ; cette leçon, qui aurait pu paraître bien sévère, n'était pas de trop pour dompter une telle vanité.

X

LE SECRET DE M. MACHIN

Après tant d'épreuves, M. Machin avait fini par reconnaître le danger de laisser faire à sa fille ce qu'il appelait ses trente-six volontés.

Ayant fait dans les affaires une fortune considérable, par son intelligence et son esprit d'ordre, ayant ainsi transformé les pierres de taille de ses carrières de Montrouge en lingots d'or, il avait cédé un moment au désir de briller et de se faire honneur de cette fortune.

Captivé par l'esprit et la gentillesse de sa fille, il avait entrepris de l'élever près de lui comme une riche héritière; mais avec une telle nature la tâche était au-dessus de ses forces; il fut bien obligé de reconnaître son impuissance. Il résolut de changer absolument de système, de renoncer à cette vie d'apparat et de représentation, et enfin de reprendre les habitudes modestes d'un travailleur, sauf à trouver un plus noble emploi de sa fortune.

En effet, il était persuadé que c'était l'éblouissement de la richesse qui tournait la tête à Mademoiselle, et lui donnait toutes ses prétentions. Si elle était restée dans sa petite maison de Montrouge, elle aurait trouvé simple de s'appeler mademoiselle Machin. Il ne lui serait pas venu à l'idée de se faire appeler *Machini*.

Le désir de retourner simplement à la maison de Montrouge fut encore augmenté par une circonstance fortuite qui ne pouvait se présenter plus à propos.

Il se trouva que l'administration de la ville avait besoin de l'emplacement de l'hôtel Machin pour ouvrir une nouvelle voie de communication qui n'était encore que projetée. Une offre très-importante lui fut faite pour la vente à l'amiable de l'hôtel et du jardin.

M. Machin venait de traiter en secret pour l'abandon de son immeuble. Il avait réalisé un large bénéfice sur les prix primitifs du terrain et de la construction.

C'est ce qui explique pourquoi il avait accueilli avec tant d'indifférence le changement que Mademoiselle s'était permis d'apporter à l'inscription de l'hôtel. Il voulait même tirer parti de cette faute, et ménager ainsi à sa fille une punition exemplaire sur laquelle il comptait pour changer ses habitudes.

Afin de la ramener sans retour à la simplicité primitive, il résolut de lui laisser croire que des pertes considérables l'avaient obligé d'abandonner son hôtel ; et après s'être entendu avec une maîtresse de pension qui avait toute sa confiance, il écrivit à sa fille la lettre suivante :

« Ma chère enfant,

« Au milieu de tes amusements, je suis obligé de te communiquer de fâcheuses nouvelles. Tu es déjà assez grande pour comprendre toute la gravité de ma situation.

« Lorsque tout se borne à des pertes d'argent, et quand l'honneur est sauf, il ne faut pas désespérer ; seulement il nous faudra vivre à l'avenir avec une grande économie.

« L'hôtel Machin dont tu étais si fière n'était déjà plus à moi quand il t'a pris fantaisie d'en changer l'inscription.

« S'il en eût été autrement, je n'aurais pas manqué de te prouver, par de bonnes raisons et par des exemples, qu'on peut rendre honorable et quelquefois illustre le nom le plus vulgaire, et que le ridicule n'est pas de porter le nom qu'on a reçu de ses parents, mais bien de vouloir le changer.

« Tout cela est superflu puisque tu es déjà assez punie de ta désobéissance. J'ai été obligé d'abandonner immédiatement l'hôtel ; tout ce que j'en ai pu sauver, c'est le petit lit que je t'ai envoyé dans une caisse. Il te restera comme un témoignage de ta faute, et comme un souvenir des splendeurs que nous aurions mieux fait de ne pas connaître.

« Mais nous n'avons pas à rougir de notre pauvreté ; le nom de Machin reste pur et honorable ; il ne doit rien à personne.

« Avant de me fixer humblement dans ma maison de Montrouge, je dois faire bientôt une absence assez longue pour réaliser des capitaux et recouvrer des créances.

« Je me suis entendu avec madame Blanchet, maîtresse de pension, excellente personne, qui, ayant égard à ma position, a bien voulu se charger de toi à des conditions économiques. Tu lui dois bien de la reconnaissance ; tâche de profiter de ses bonnes leçons, car tu as encore tout à apprendre.

« Ta tante Gertrude, à laquelle j'ai donné tous les renseignements nécessaires, doit te conduire à la pension en rentrant à Paris.

« Adieu, chère enfant, bon courage et au revoir, écris-moi et fais-moi part de tes bonnes résolutions.

« Pierre Machin. »

XI

MADEMOISELLE TROUVE DES DIAMANTS

Madame Gertrude était une personne très-sensée. Son frère, M. Machin, pouvait compter sur sa discrétion et sur son assistance. Elle était la seule confidente de ses projets et elle les avait encouragés, ne voyant pas un autre moyen de dompter l'orgueil de sa nièce Madeleine.

Louise n'était pas même dans le secret; c'était de tout son cœur qu'elle se lamentait sur les malheurs de sa cousine et qu'elle tâchait de la consoler.

Mais mademoiselle Machin supporta ce coup imprévu mieux qu'on ne pouvait le penser. Après avoir essuyé quelques larmes, elle reprit courage, car elle n'aimait pas à être un objet de pitié.

Sa vanité peut-être se faisait jour, même en cette circonstance. Elle voulut avoir l'orgueil de la pauvreté, comme elle avait eu celui de la richesse. C'est un sentiment qui se rencontre souvent dans les natures excessives.

Elle résolut d'écrire à Paris pour contremander ses robes, ses chapeaux et tout cet appareil de luxe qui ne convenait plus à son humble position. Mais sa tante la rassura en lui annonçant que son père s'était arrangé avec les fournisseurs, en leur laissant un dédommagement suffisant pour leurs soins.

Elle brûla ses cartes de visite armoriées, elle ne porta plus que la plus simple de ses robes du matin. Pour chasser la préoccupation que lui donnait encore quelquefois une nouvelle si inattendue, elle se mit à lire avec application les livres qu'elle avait trouvés dans la grande caisse transformée en maison garnie.

Aussitôt qu'elle eut renoncé à cette vie de prétentions futiles, le calme commença à se faire dans son esprit. Il lui sembla qu'une transformation s'opérait en elle. Elle voulut employer plus sagement les derniers jours de sa résidence à Dieppe, avant de se soumettre à la règle austère de la pension où elle était attendue.

Mademoiselle Machin, qui n'avait jamais songé qu'à son caprice, à son agrément, à l'effet qu'elle produirait sur la galerie, Mademoiselle commença à sentir les battements de son cœur. Elle pensa à son père, aux embarras qu'elle lui supposait, aux difficultés de la vie à venir, elle sentit qu'il fallait qu'elle devînt bonne à quelque chose. Enfin, elle pensa!

Et qui avait accompli ce miracle? C'était le malheur, ou plutôt la croyance du malheur. C'est un précepteur qui en dit plus que tous les autres.

En effet, la douceur, la sévérité, les conseils, les avertissements, les épreuves de la vanité, tout cela venait échouer devant la richesse; il suffit d'un souffle de la pauvreté pour dompter cette petite nature hautaine.

Elle écrivit à son père une bonne petite lettre dans laquelle elle ne parlait pas trop d'elle, et il faut lui en savoir gré. Elle se repentait de ses folies, elle les tournait elle-même en ridicule; elle promettait d'être simple et bonne fille.

Enfin, elle assurait son père que, lorsqu'il la reverrait, et elle espérait que ce serait bientôt, il ne la reconnaîtrait pas, ce qui serait tout à son avantage, et elle signait en toute humilité : « *Madeleine* Machin. »

Elle devint aussi plus gentille et plus affectueuse avec sa tante; elle se laissait conduire par la main comme une petite fille, elle était bonne camarade avec sa cousine Louise, et ne la traitait plus comme une femme de chambre qui devait, avant tout, céder aux caprices de Mademoiselle.

Cette amélioration en amena une autre. C'est qu'au lieu de la trouver insupportable, les personnes qui l'entouraient la trouvaient charmante. Sa situation, son chagrin, son courage, ses bonnes résolutions, tout cela intéressait : on l'aima.

On l'aima ; n'est-ce pas tout dire? Elle avait déjà gagné quelque chose à ce malheur imaginaire : c'était pour elle un plaisir nouveau et le plus doux des plaisirs. Avait-elle jamais songé à se faire aimer!

Et puis son jeune cœur s'ouvrait aussi à l'affection. Elle s'occupa des autres, elle y mit un peu plus de persévérance qu'au temps où nous l'avons vue mettre en pièces, dans les meilleures intentions, le chapeau de sa cousine, sans avoir la patience de réunir les morceaux.

Que dire encore? Tout se tient et se touche. Quand elle entrait le dimanche à l'heure des offices dans la belle église de Saint-Jacques, ce qui jusque là n'avait pour elle aucun sens prenait une signification.

Les chants sacrés, le parfum de l'encens, la voix puissante de l'orgue, les voûtes élevées de l'église, tout cela touchait son cœur, qui venait de s'ouvrir à la vérité. Elle était humble et douce, elle priait : le malheur avait passé par là.

Elle recueillit encore d'autres fruits de ce retour à Dieu, car Dieu donne tout à la fois. Celui qui croit et espère a les yeux ouverts. Jamais la nature n'avait ainsi parlé à sa jeune intelligence.

La soie et le velours étaient-ils donc comme une double cuirasse qui enfermait son cœur et qui empêchait les plus douces émotions d'y trouver accès?

Depuis qu'elle avait adopté sa petite robe grise, elle ne se montrait plus guère au Casino, qui est sans doute un lieu agréable de réunion pour les familles, mais où elle n'avait cherché que l'occasion de briller et de surpasser en élégance les jeunes filles de son âge. Toutes ces prétentions lui étaient devenues bien indifférentes.

Elle faisait de belles promenades avec sa tante et sa cousine, de véritables découvertes ; elle s'enfonçait dans les riches campagnes normandes, dans les gorges verdoyantes de la vallée d'Arques, et elle en rapportait des gerbes de fleurs des champs.

Des fleurs des champs! qui eût songé qu'elle se baisserait jamais pour en cueillir, quand elle avait ses robes traînantes!

Ou bien elle errait en famille, au bord de la mer, sur les plages solitaires; elle défiait la vague qui s'avançait sur le sable en courant, et elle lui défendait d'aller plus loin.

Mais la vague, qui obéissait à un autre maître, avançait toujours et mouillait de sa blanche écume les petits pieds de Mademoiselle, qui se sauvait en riant.

C'étaient là des joies nouvelles. Elle demandait comment elle n'avait pas encore vu toutes ces belles choses, et sa tante lui répondait que c'était simplement parce qu'elle ne les avait pas regardées.

Elle se trouvait un jour au pied des falaises du Pollet; c'est le quartier des pêcheurs. On y voit de nombreuses familles tout occupées à préparer et à réparer les filets, à réunir les voiles, les avirons, tous les approvisionnements du départ pour la mer.

Les matelots, les femmes, les enfants, tout le monde est à l'ouvrage; on regarde avec anxiété le ciel noir et menaçant, et pourtant il faut partir! Mais aussi, au retour de la barque fragile, chargée d'une pêche abondante, c'est la joie à la maison, c'est le pain assuré encore pour quelques jours.

Mademoiselle s'intéressait alors à ces misères qu'elle n'aurait pas seulement aperçues si elle n'avait subi elle-même la rude épreuve de la pauvreté.

Faisant un retour sur elle-même, elle remerciait le ciel de ce que son père n'était pas lui-même un pêcheur. Elle le revoyait en imagination travaillant courageusement dans son humble maison de Montrouge à réparer les désastres de sa fortune comme les pêcheurs réparaient leurs filets. Et si elle regrettait encore de n'avoir plus d'argent à sa disposition, c'est qu'elle était impuissante à soulager une nombreuse famille dont le chef avait péri dans une tempête et laissait des enfants trop jeunes encore pour gouverner sa barque; mais madame Gertrude avait déjà fait le nécessaire.

Un soir, le temps était magnifique, la chaleur avait été accablante; l'atmosphère était chargée d'électricité, de grandes lueurs traversaient l'horizon et découpaient sur un fond lumineux le profil des navires et des barques.

Madame Gertrude et les deux jeunes filles allaient chercher la fraîcheur au bord de la mer; elles fuyaient le tumulte du Casino, dont elles voyaient encore de loin le brillant éclairage; quelques sons de l'orchestre bruyant parvenaient même jusqu'à elles.

La marée était au plus bas; le sable fin était aussi doux que le plus doux tapis. Les enfants demandèrent la permission d'ôter leurs chaussures pour disputer peu à peu le terrain à la vague qui commençait à remonter.

C'était bien joli de voir mademoiselle Machin demander la permission de quelque

MADEMOISELLE EN PENSION

chose ! Madame Gertrude se prêta à leur fantaisie, la mer était si douce et si tiède, le temps si favorable !

Des lueurs étranges glissaient sur le sommet de la vague. La mer semblait rouler et amener sur le sable des perles et des pierres précieuses.

Quand les jeunes filles touchèrent de leurs pieds nus le premier flot qui s'avançait en courant sur le sable, il leur sembla que des lumières, des flammes, des étincelles s'enroulaient autour d'elles.

Mais après un moment d'effroi, c'étaient des cris de joie, d'admiration et d'extase. Mademoiselle se baissa pour prendre dans ses mains autant d'eau qu'elle en pouvait retenir, et c'étaient comme des chapelets de diamants et d'étoiles qui s'égrenaient en glissant entre ses doigts.

Elle ne se lassait pas d'un spectacle si nouveau et si surprenant. Louise et Madeleine se donnaient sans compter des écrins de rubis et d'émeraudes, des rivières de diamants ; il y en avait bien plus que dans tous les contes de fées. Il y en avait autant qu'il y a de gouttes d'eau dans la vaste mer.

Mais pendant qu'elles admiraient ces trésors, l'éclat phosphorescent perdit de son intensité et disparut ; tout rentra dans les ténèbres. Il était temps d'essuyer ses pieds, de reprendre ses chaussures et de rentrer en ville, sans regretter les lampions et les verres de couleur de la fête du soir.

— Et pourquoi, disait Madeleine, pourquoi Dieu nous a-t-il donné ce grand spectacle ?

— Mon enfant, répondit la tante, c'est sans doute pour nous charmer, pour nous éblouir, pour nous faire admirer sa puissance. Et c'est peut-être aussi pour nous faire voir que l'éclat des diamants n'est qu'une illusion. Quand on croit bien les tenir, on n'a plus dans la main qu'une poignée de sable.

XII

MADEMOISELLE EN PENSION

Quand les derniers beaux jours de la saison furent écoulés, il fallut quitter les bords de la mer et ces beaux spectacles dont Madeleine Machin n'avait compris la grandeur que depuis ses malheurs imaginaires.

Nous lui rendrons maintenant ce nom modeste qu'elle a consenti à reprendre, car elle ne veut plus être Mademoiselle, la noble demoiselle de Machin.

En ramenant sa nièce à Paris, selon les intentions de M. Machin, madame Gertrude voulait la mettre à une nouvelle épreuve. Elle proposa à Madeleine de la garder encore près d'elle, si celle-ci avait trop d'aversion pour la discipline sévère de la pension.

— Chère tante, lui dit Madeleine, comme vous et ma cousine Louise vous avez été bonnes et indulgentes! Quoi! vous voulez encore de moi après toutes mes fautes? Je n'ai jamais passé un temps plus heureux que pendant ce dernier voyage; mais j'ai trop fait toutes mes volontés; quel bonheur d'y renoncer maintenant! quel bonheur d'obéir, d'avoir sa tâche toute tracée, de faire comme les autres! et puis, c'est tout ce que je peux faire pour mon bon père, afin de le consoler par mon entière soumission.

Quand il me permettra de revenir avec lui à notre maison de Montrouge, je veux le soigner si bien qu'il ne s'apercevra seulement pas que son hôtel lui manque.

Ce fut donc dans les meilleures dispositions que Madeleine entra dans la pension de madame Blanchet. L'ordre et la tenue, la régularité, la discipline, le silence absolu pendant les heures d'étude, tout contribuait d'ailleurs à lui inspirer la soumission et l'obéissance.

La maîtresse de pension n'avait jamais entendu parler des pertes supposées de M. Machin; cette fiction n'avait été inventée que dans l'espérance de ramener Mademoiselle à plus d'humilité; mais que Madeleine fût riche ou pauvre, cela n'avait aucune influence sur le caractère élevé de madame Blanchet.

Toutes ses élèves étaient traitées sur le pied d'une égalité absolue. Les mères de famille qui ne pouvaient s'occuper elles-mêmes de l'éducation de leurs jeunes filles devaient donner la préférence à cette excellente institution. Au lieu d'y développer les prétentions de la vanité et de l'élégance, madame Blanchet s'appliquait à élever les enfants dans une grande simplicité.

L'instruction religieuse et morale n'était pas négligée pour les études purement littéraires. Les ouvrages de couture n'étaient pas dédaignés dans l'ensemble de cette éducation, qui devait former de bonnes et simples ménagères.

L'uniforme était bien modeste et ne pouvait inspirer à celles qui le portaient l'instinct de paraître et de briller. C'était une petite robe grise qui n'était surchargée d'aucune ampleur artificielle et qui laissait à l'enfance toute la liberté de ses mouvements.

On se levait à une heure très-matinale; on travaillait de bon cœur, parce que les occupations étaient variées; on jouait avec une grande ardeur pour faire diversion à l'immobilité de la classe; on était très-gai et très-communicatif pour compenser le sérieux et le silence des leçons; on dînait de grand appétit; on dormait tout d'un somme.

Madeleine n'aurait pu s'accommoder de cet excellent régime, elle se serait révoltée contre cette discipline quand elle s'appelait mademoiselle de Machini; elle aurait pris en pitié toutes ces petites filles habillées d'une étroite robe grise quand elle portait des robes traînantes; mais tout était bien changé, elle se croyait pauvre, la voilà toute heureuse d'être admise dans une compagnie qu'elle aurait dédaignée!

Pendant les études, elle se faisait remarquer par la régularité de son travail. Dans les récréations, elle était plus gaie et plus en train que les autres.

Le temps était bien loin où Mademoiselle se serait fâchée si une camarade l'appelait amicalement *ma petite machinette*; elle embrassait la jeune fille qui, sans le savoir, lui rappelait ainsi ses erreurs passées, car elle avait bien renoncé à toute ambition ridicule.

Quel contraste inattendu ! Autrefois, quand elle jouissait et abusait de sa liberté, elle trouvait moyen de se rendre malheureuse par ses caprices; maintenant elle était contente d'elle-même, parce qu'elle contentait tout le monde.

Cette vie régulière, cet exercice, ce contentement étaient salutaires à sa santé; Madeleine prenait de la force et grandissait à vue d'œil.

Son esprit se formait aussi; son jugement était plus sûr et lui faisait distinguer parmi ses compagnes les bonnes natures qui méritaient son affection, tandis qu'autrefois Mademoiselle n'avait de penchant pour aucune des jeunes filles de son âge; car elle dédaignait celles qui étaient plus pauvres ou plus ignorantes; elle enviait celles qui étaient plus brillantes ou plus instruites.

Une grande époque allait marquer dans l'existence de Madeleine. Après plusieurs mois d'épreuves, elle fut reconnue assez sage, raisonnable et instruite pour se préparer à sa première communion.

Aucune cérémonie ne fait plus d'impression sur un jeune cœur, n'y développe de plus tendres sentiments. On forme alors, sous le regard de Dieu, des amitiés qui durent quelquefois toute la vie. Cette impression est si communicative que les parents eux-mêmes qui vivent éloignés des pratiques religieuses ne peuvent rester indifférents à à cette pieuse initiation, et prennent encore part à ces joies.

Madeleine Machin avait pour compagne de classe une jeune fille de son âge, plus grande, plus forte et plus instruite qu'elle, qui l'avait adoptée dès son entrée à la pension, et qui l'avait aidée de sa protection et de ses encouragements dans les temps difficiles; tantôt prenant son parti dans les récréations, ou bien lui donnant un bon conseil pour ses devoirs, un coup de main pour ses travaux d'aiguille.

Elle s'appelait Jenny Aubert; c'était une aimable enfant, une de ces gracieuses créatures qui attirent tous les cœurs. Aussi Madeleine était toute contente d'être la compagne préférée de Jenny Aubert. Elle s'appliquait à conserver cette amitié fraternelle. C'était pour elle un sentiment nouveau qui lui faisait éprouver des joies inconnues.

Cette intimité ne fit qu'augmenter à l'approche de la première communion. Ces deux jeunes cœurs s'élevaient ensemble à la méditation du grand acte qu'elles allaient accomplir. On se promettait de s'aimer toujours, de ne se quitter jamais.

Une telle affection devait porter ses fruits. Madeleine prenait pour modèle sa chère Jenny Aubert; elle voulait lui ressembler en tout. Madame Blanchet, qui suivait avec intérêt cette conversion inespérée, les appelait en souriant les *deux sœurs*.

XIII

LES SURPRISES DE M. MACHIN

L'hiver s'était passé pour le mieux et sans incident notable, dans la pension de madame Blanchet, où tout était si bien réglé et ordonné.

Madeleine ne s'était démentie, ni dans sa conduite ni dans son travail; elle s'était liée d'une amitié plus intime avec l'aimable Jenny, qui était son inséparable. Elles faisaient ensemble des progrès de sagesse et de savoir. Madeleine recevait quelquefois les visites de sa tante et de sa cousine Louise; mais M. Machin ne s'était pas encore montré chez madame Blanchet.

Lui qui avait fait preuve de tant de volonté et de fermeté en toutes choses, il se sentait vulnérable de ce seul côté. Il craignait sa propre faiblesse. Il se doutait bien que s'il revoyait une fois sa chère Madeleine, il serait tenté de la reprendre et de la détromper. Mais comme il était informé des heureux résultats qu'il avait obtenus par son stratagème, il ne pouvait que s'en applaudir, et il trouvait plus sage de continuer l'épreuve.

Madame Blanchet et madame Gertrude le tenaient au courant de tout ce qui se passait à la pension. Et qui sait même si, pendant les promenades, se cachant de son mieux, il ne se trouvait pas quelquefois sur le passage des élèves, cherchant à reconnaître son enfant parmi toutes ces robes grises. Sans ce dédommagement, le sacrifice eût peut-être été au delà de ses forces.

Il lui fallait encore à la fin de chaque mois une photographie nouvelle, pour lui donner, comme un miroir, l'image de Madeleine, qu'il appelait sa Madeleine repentante.

M. Machin était en correspondance suivie avec sa fille, mais il ne lui écrivait jamais de Paris. Il profitait de ses nombreuses absences, et datait ses lettres de Lyon, Marseille, ou autres lieux où il était appelé par ses affaires.

Mais Madeleine avait ordre de lui laisser toujours ses lettres à la maison de Montrouge, sous le couvert de M. Grimaud, son ancien professeur, qui était resté le secrétaire, l'intendant et le factotum de M. Machin; car celui-ci, quand il rencontrait dans son entourage un digne et honnête homme, s'en emparait et ne le lâchait plus.

M. Grimaud était donc chargé de faire passer les lettres de Madeleine dans les diverses résidences de son patron. Or M. Machin était le plus souvent à Montrouge, et dans ce cas il recevait, de première main, les nouvelles de sa fille.

Les lettres de l'enfant devenaient plus gentilles, plus sensées, plus affectueuses. Madeleine racontait sa vie, ses récréations, ses progrès; elle se moquait de bonne grâce de sa vanité passée, elle parlait souvent de madame Blanchet, qui lui rendait la vie douce; elle parlait toujours de sa jeune amie, qu'elle se faisait une fête de présenter à son père.

Nous ne dirons pas que M. Machin était absolument aussi riche que les princes dont on lit l'histoire dans les contes de fées; cependant, avec ses goûts simples, sa vie laborieuse et modeste, il aurait été fort embarrassé de dépenser ses revenus, s'il n'en avait fait, comme nous l'avons vu, le plus généreux emploi.

La seule prodigalité qu'il s'était permise, c'était la construction de son hôtel dans le quartier du grand monde; et encore, par une circonstance fortuite, c'était devenu un placement avantageux. Si M. Machin avait osé inscrire sur le fronton le titre d'*hôtel Machin*, c'était moins par orgueil personnel que comme une glorification du travail, une récompense de ses efforts, un souvenir, un contraste de ses modestes commencements.

La seule fantaisie qu'il s'était passée, et il reconnaissait que c'était une faiblesse, c'était d'entourer sa fille d'un luxe qui pour lui-même eût été sans attrait; mais il la trouvait si mignonne qu'il ne savait quelle fête lui faire. Dans ses heures de loisir il s'en amusait comme d'une petite poupée; c'était sa seule récréation; et il lui laissait faire, comme nous l'avons dit, ses trente-six volontés.

Mais en voyant les tristes conséquences de cette liberté accordée à un enfant, il n'avait pas tardé à se repentir de son indulgence, et il avait donné à sa fille quelques sévères leçons qui n'avaient pas été sans résultat.

Il lui restait à compléter son œuvre et à expier un moment de vanité par un sacrifice volontaire que lui dictaient sa générosité et sa conscience.

Son parti fut bientôt pris. Il n'aurait pu se décider à habiter un jour de plus son hôtel, depuis que Mademoiselle, rougissant d'un nom qu'il avait rendu honorable, s'était permis de le défigurer en lui donnant une consonnance étrangère.

Si, à la grande surprise de son fidèle Grimaud, M. Machin ne s'était pas opposé à cette étrange fantaisie de sa fille, c'est que son traité avec la ville, pour la vente de l'immeuble, était déjà signé secrètement.

L'affaire avait été fort avantageuse, et M. Machin était bien résolu à ne pas profiter de ce large bénéfice. Il ne voulait pas plus garder l'argent qu'il n'aurait voulu garder l'immeuble. Il lui sembla que Madeleine, en renonçant à son nom, avait renoncé à l'hôtel Machin et l'avait donné aux pauvres.

Il se souvenait que ce superflu avait été accumulé par les efforts réunis de tous ceux qui avaient travaillé sous ses ordres. Il voulut transformer cette résidence de luxe en maison de convalescence, pour les invalides de son industrie. Après avoir exposé son projet philantropique à l'administration, et avoir fourni toutes les garanties exigées, il fut muni de l'autorisation nécessaire pour commencer les travaux.

Il choisit dans le voisinage de Montrouge un terrain accidenté et boisé, favorable à ses desseins. Sur le plateau le plus élevé de cet emplacement salutaire, il fit élever une construction composée de plusieurs pavillons à deux étages, qui étaient reliés entre eux par des galeries couvertes, aboutissant à un édifice central qui contenait un parloir, un réfectoire, une salle de jeu, une bibliothèque[1], etc.

M. Machin reprenait ainsi le rôle qui convenait à sa bonne nature. Il se sentait soulagé par cette entreprise. Il lui resterait toujours assez d'argent pour que Madeleine fût encore une riche héritière, et il considérait cette œuvre de charité dont il lui laisserait le souvenir, comme la plus belle part de son héritage.

Il était organisateur. Aidé d'un architecte intelligent et de son fidèle Grimaud, il trouvait sans cesse quelque combinaison nouvelle; les jardins ombragés qui entouraient les pavillons étaient arrosés par des eaux courantes; des livres amusants et instructifs étaient choisis pour distraire les convalescents, enfin il n'épargnait rien de ce qui devait contribuer au bien-être de ses protégés.

Le docteur attitré de son association de secours visitait les familles, et devait désigner les personnes et même les enfants qui, après une maladie, auraient besoin de passer quelque temps dans cette maison de convalescence. Le bien-être dont il se proposait de les entourer devait contribuer à leur entier rétablissement.

Claudine, la petite femme de chambre de Madeleine, était une fille d'ordre; elle ne ne fut pas oubliée, elle trouva son emploi comme préposée à la lingerie sous la surveillance de madame Lebrun.

Tout cela donnait beaucoup d'occupation à M. Machin; c'était une agréable distraction qui l'aidait à passer le temps, en attendant l'entière conversion de sa fille.

Les lettres très-raisonnables qu'il continuait à recevoir de Madeleine lui faisaient espérer qu'un jour viendrait où elle partagerait ses plaisirs, où, instruite par le malheur

[1] Si, par discrétion, nous avons altéré volontairement quelques particularités de cette histoire, il ne faut pas supposer que l'imagination du narrateur ait dépassé les limites du vraisemblable.

Les exemples de cette charité éclairée ne sont pas rares. Ce n'est plus seulement dans les hautes régions de la société, c'est aussi parmi les parvenus les plus modestes, des plus vulgaires industries, que nous rencontrons aujourd'hui ces pieux et généreux fondateurs. Nous pourrions en donner bien des témoignages; nous nous bornons à reproduire le dernier fait de ce genre qui est venu à notre connaissance, et nous est révélé par le journal *l'Événement* du 28 août 1866 :

« Il y a vingt-sept ans, un jeune homme de dix-huit ans, nommé Savart, quittait le bourg de Saint-Michel (Aisne), son pays natal, emportant pour tout bien la bénédiction de son curé et les bons conseils de son père. A force de misère, de travail et de persévérance, le jeune ouvrier amassa un petit pécule qui fit la boule de neige et s'accrut peu à peu.

« M. Savart, devenu à son tour fabricant de chaussures, vit sa maison prospérer. Aujourd'hui, devenu millionnaire, il occupe 4,000 ouvriers à Paris et 1,000 à Saint-Michel. Au milieu de ses prospérités, M. Savart n'a pas oublié son pays natal et son département. Il a racheté l'immense abbaye que les bénédictins ont élevée, au moyen âge, à Saint-Michel, et l'a transformée en un orphelinat où 400 à 500 jeunes filles, sous la direction des sœurs de Saint-Vincent de Paul, seront élevées jusqu'à l'âge de vingt et un ans. Elle y apprendront la comptabilité et le travail des chaussures, et en sortiront dotées d'une somme qui varie de 1,000 à 1,500 francs. Cet orphelinat a été béni solennellement mardi dernier par l'évêque du diocèse. »

et éclairée par la charité, elle ne regretterait pas l'hôtel Machin, et se plairait, au contraire, à le voir ainsi transformé; et il attendait avec quelque impatience l'effet de cette surprise.

XIV

LES MALHEURS DE JENNY

La tendre amitié que Madeleine éprouvait pour Jenny Aubert lui avait, comme nous l'avons dit, rendu la vie de la pension très-agréable; mais Jenny paraissait depuis quelque temps triste et inquiète ; elle essayait de cacher ses larmes.

Madeleine, la voyant soucieuse, lui faisait fête et tâchait de la distraire. Elle avait rapporté de Dieppe quelques livres que son père lui avait envoyés dans la fameuse malle transformée en maison ; et parmi ces livres se trouvait le volume de poésies qui (on se le rappelle peut-être) lui avait été donné par un promeneur du bois de Boulogne, alors qu'elle avait la fantaisie de la chasse aux papillons.

Jenny, qui passait en revue la petite bibliothèque de son amie, lui dit un jour négligemment :

— Je connais bien ce livre, j'en ai un pareil.

— Et moi, dit Madeleine, je voudrais connaître celui qui me l'a donné.

— Tu dois bien le connaître ; ce n'est pas le premier venu ; c'est sans doute ton père, ou bien ta tante?

— Non, Jenny, c'est une personne que je ne connais pas et que je n'ai vue qu'une fois.

— C'est donc un prix que tu as obtenu dans un concours?

— Oui, un prix de vertu pour avoir sauvé la vie à... tu ne saurais le deviner, — à un papillon.

— Un papillon? Mais alors, ma chère, je crois bien que je sais ton histoire. C'est mon livre, je le reconnais ; mon père me l'avait donné. Il l'a emporté dans une de ses promenades, et nous a raconté qu'il l'avait donné à une petite fille, justement à propos d'un papillon, et il m'en a donné un autre.

L'entretien fut animé et dura longtemps, entremêlé de réflexions sur la singularité de cette rencontre, d'exclamations sur les caprices du hasard. Ce petit livre paraissait aux deux enfants comme le premier messager de leur amitié, qui devait durer toujours.

— Tu dois bien aimer ton père, dit Madeleine ; il a l'air si bon et si indulgent !

— Oui, je l'aime plus que jamais, répondit Jenny ; mais tu ne le reconnaîtrais plus maintenant, il est bien changé depuis ses malheurs.

— Quels malheurs? c'est donc la cause de ta tristesse? Et pourquoi ne m'en as-tu rien dit?

— Tu l'aurais bientôt appris, dit Jenny en pleurant. Maman me disait hier qu'il ne lui resterait peut-être pas assez d'argent pour payer ma pension ; et alors, ma chère Madeleine, il faudra nous séparer.

Ces deux enfants ressentaient déjà les souffrances de la pauvreté. Madeleine, qui n'avait pas manqué de courage quand il ne s'agissait que d'elle, regrettait pour la première fois son opulence passée. Elle était bien sûre que si son père était encore riche, elle n'aurait qu'à l'implorer pour qu'il vînt au secours du père de sa jeune amie ; mais elle connaissait ou plutôt elle croyait connaître l'état de gêne de M. Machin ; elle savait qu'elle n'avait rien à attendre de ce côté.

Les prévisions de Jenny ne tardèrent pas à s'accomplir. Ce fut une triste surprise dans la pension, quand on apprit que M. Aubert avait perdu toute sa fortune, et restait sans ressources avec une nombreuse famille.

Madame Blanchet, avec sa générosité accoutumée, proposait encore de garder l'enfant ; mais les parents de Jenny ne pouvaient accepter cette charité, dont ils étaient très-touchés ; il fut convenu que la jeune pensionnaire partirait à la fin du mois. Madeleine était inconsolable.

— Si j'avais, se disait-elle, ah ! si j'avais seulement la moitié de l'argent que j'ai dépensé pour tant de choses inutiles, comme je serais heureuse ! Je dirais à ma chère Jenny : « Ne t'inquiète plus, mon enfant, je me charge de ta pension, je me charge de tout ; tu es ma fille. » Mais que faire à présent? que devenir?

Sans la moindre espérance, mais seulement pour soulager son cœur, Madeleine avait écrit plus souvent à son père ; elle lui avait raconté les malheurs de Jenny.

« Mon bon père, lui disait-elle dans une de ses lettres, c'est aujourd'hui que vous allez regretter de ne pouvoir plus faire les trente-six volontés de votre petite Madeleine ! Si vous étiez encore riche, vous feriez ce que vous avez fait toujours ; vous ne laisseriez pas le malheur accabler nos amis. Je dis nos amis, car, ainsi que je vous l'ai déjà raconté, le père de Jenny n'est pas un étranger pour nous. Mais nous n'avons plus qu'à nous soumettre à la volonté de Dieu.

« Je dois vous l'avouer, mon cher père, je sens que je ne pourrai plus supporter la vie de pension sans ma chère compagne. Je vous prie en grâce de me reprendre avec vous après ma première communion ; vous verrez que je serai sage ; ce sera à mon tour de passer ma vie à faire toutes vos volontés. Nous aimerons ensemble notre petite Jenny, car vous me permettrez sans doute de la revoir.

« Vous promettant obéissance, je vous prie de me dire votre volonté et je vous embrasse de tout mon cœur.

« Votre respectueuse fille,

« MADELEINE. »

XV

M. MACHIN FAIT UNE BELLE AFFAIRE

M. Machin n'eut pas plutôt reçu la dernière lettre de sa fille, qu'il se mit en campagne. Il était touché du chagrin de sa chère Madeleine, qui lui donnait ainsi la preuve de son entière conversion ; il aurait voulu aller au devant de ses désirs.

Cependant, au point de vue d'un homme d'affaires comme lui, c'était déjà une défaveur d'avoir été assez inhabile, assez peu soigneux des intérêts de sa famille, pour compromettre sa fortune dans de dangereuses spéculations. Il tenait du moins à savoir si ce malheur était mérité, ou si M. Aubert, malgré son imprudence, était toujours honorable et digne d'estime.

Les nombreuses relations que M. Machin devait à sa haute position dans les affaires lui permirent bientôt d'obtenir de première main les renseignements les plus complets.

M. Aubert était bien loin d'être un homme d'affaires, comme l'avait bien prouvé l'événement qui avait amené sa ruine ; c'était un savant tout occupé de ses recherches scientifiques, qui avec beaucoup de talent et de savoir, gagnait beaucoup moins d'argent avec ses livres que s'il avait composé des œuvres légères et amusantes à la portée de tout le monde ; car il y a toujours beaucoup plus de gens disposés à s'amuser qu'à s'instruire, et les livres de M. Aubert ne s'adressaient qu'à un petit nombre d'érudits.

Mais il était si passionné pour la science, qu'il trouvait son bonheur dans ses travaux, sans s'inquiéter de leur produit.

Ayant une modeste fortune indépendante, il aurait continué à mener la vie la plus heureuse au milieu de sa famille, qu'il affectionnait, s'il n'avait eu la faiblesse de céder aux obsessions d'un prétendu ami qui lui proposait de doubler sa fortune dans des spéculations qui, disait-il, présentaient les plus sérieuses garanties.

M. Aubert, dans le désir d'augmenter le bien-être de sa famille, avait prêté l'oreille à ces séduisantes propositions. Avec la naïveté d'un enfant, il avait aliéné les excellentes valeurs qui composaient son patrimoine.

Il réalisa d'abord des bénéfices considérables, et ce fut un véritable malheur, car il se livra avec plus de confiance, et il perdit tout son avoir. Le spéculateur qui l'avait entraîné dans sa ruine était en fuite, et il ne restait entre les mains de M. Aubert que quelques titres sans valeur.

Le chagrin tue aussi bien que la maladie. M. Aubert, accablé par son secret, était presque mourant. Pour lui personnellement, il aurait souffert, sans se plaindre, toutes les privations; mais voir sa femme et ses enfants réduits, par sa faute, aux faibles ressources que pouvait lui fournir son travail, alors que ses forces l'abandonnaient, c'était plus qu'il n'en pouvait supporter.

Il tomba dans un état d'anéantissement et de désespoir. Il négligeait ses travaux et ses livres. Il était devenu silencieux et morose. Madame Aubert, fort inquiète de voir un tel changement dans les habitudes de son mari, eut beaucoup de peine à lui arracher son secret. Elle aurait pu lui faire de cruels reproches, lui demander comment il ferait pour élever ses enfants, maintenant qu'il avait dissipé son modeste patrimoine; mais le pauvre homme était déjà assez malheureux; il s'était fait lui-même assez de reproches; il n'y avait qu'à le plaindre et à le consoler. Les femmes ont un instinct qui sait guérir les cœurs, et madame Aubert était une femme généreuse et dévouée.

— N'est-ce que cela? lui dit-elle, tu n'as perdu ni la santé, ni l'honneur; tes enfants sont pleins de vie; tout le monde t'aime, et t'estime, et t'honore, et tu dis que tu veux mourir parce que tu n'as plus d'argent? Et qui te demande de l'argent, mon ami? Reprends courage. Tu auras près de toi ta fille Jenny, que tu aimes tant. Nous aurons encore de beaux jours. Tout n'est pas perdu.

— Excellente amie! répondit M. Aubert, que mon malheur soit béni, puisqu'il m'a appris à te mieux connaître! Les femmes sont plus fortes, plus braves et plus généreuses que nous. Je veux essayer de vivre pour jouir encore de votre amitié; mais, chère amie, ta bonté, ton indulgence, ta pitié, ne peuvent me faire oublier tout ce que j'ai perdu en voulant vous servir.

Et M. Aubert, après avoir pris ces bonnes résolutions, retombait dans son funeste abattement. Voilà à peu près ce qu'avait appris M. Machin en se mettant indirectement en rapport avec des amis intimes du malheureux père de famille.

M. Grimaud, l'ancien professeur de Mademoiselle, était bon à tout. Il fut encore requis pour cette expédition. M. Machin savait que les valeurs douteuses conservées par M. Aubert étaient signées du sieur Zacharie. Tel était le nom du spéculateur qui avait disparu, et M. Machin n'était pas bien persuadé que Zacharie fût parti les mains vides.

M. Grimaud fut chargé mystérieusement, au nom d'un tiers qui voulait rester inconnu, de demander à M. Aubert s'il consentirait à se dessaisir des créances du sieur

Zacharie, montant à cent vingt mille francs, en subissant une perte de vingt mille francs.

M. Aubert n'était plus en état de parler d'affaires, et ne voulait plus en entendre parler. Ce fut à madame Aubert que M. Grimaud fit cette proposition.

— Mais, monsieur, dit cette dame, en toute sincérité, je ne veux pas vous tromper, je dois vous dire que toutes nos recherches ont été inutiles, et que M. Zacharie, après avoir caché son nom et avoir changé plusieurs fois de domicile, a disparu sans que nous ayons pu retrouver sa trace.

— Madame, répondit M. Grimaud, ces scrupules vous honorent. Nous ne rencontrons pas toujours en affaires des clients si délicats; mais, rassurez-vous, madame, nous savons que Zacharie est en Belgique. Le banquier qui, par mon entremise, vous offre cent mille francs comptant de votre créance, ne sera pas embarrassé pour y trouver son bénéfice; car en affaire on ne fait pas de sentiment, on cherche avant tout son propre avantage.

— Je crains bien que cet avantage ne soit une illusion, dit madame Aubert, en souriant tristement, je dois vous en avertir encore.

— Ceci nous regarde, répondit l'agent secret; quant à moi, je ne demande rien; je ne fais que remplir les intentions de mon commettant; je ne dis pas que l'affaire soit faite; et je vous le dis confidentiellement, s'il vous convenait de me réserver un pot-de-vin d'un demi pour cent (ce qui ferait un billet de cinq cents francs), cela faciliterait la négociation, je crois que ma prétention est bien modeste.

Ce n'était pas sans intention que M. Grimaud soulevait cette question de courtage; il voulait prouver qu'il avait un intérêt personnel à conclure cette affaire; mais voyant l'embarras de madame Aubert, il ajouta :

— Remarquez, madame, que je n'exige aucun débours par avance; je demande seulement votre promesse de me compter cinq cents francs, en cas de succès et après l'encaissement des cent mille francs.

Madame Aubert, voyant ainsi le banquier supposé s'assurer un large bénéfice, et l'intermédiaire se réserver un *pot-de-vin,* crut enfin à une affaire sérieuse; ce ne fut pas sans peine qu'elle décida M. Aubert à cette transaction. Elle lui fit comprendre cependant que ce serait une nouvelle faute de céder à une fausse délicatesse, et elle fut autorisée à remettre les titres en échange de la somme convenue.

M. Grimaud se présenta en effet avec un portefeuille bien garni, et après avoir examiné avec une attention affectée les mauvaises valeurs que lui présentait madame Aubert, il lui fit compter et lui remit cent billets de mille francs de la Banque de France, et il ne manqua pas de réclamer la prime qui était promise.

Cette insistance ne pouvait laisser aucun doute dans l'esprit de madame Aubert. Elle resta persuadée que Zacharie était en état de payer, et ce fut sans le moindre regret qu'elle abandonna un large bénéfice aux entreprenants intermédiaires de cette négociation, pour sauver la plus grosse part du capital.

Elle assurait ainsi le pain de sa famille et le repos d'esprit de M. Aubert qui, bien revenu de ses spéculations financières, ne serait plus tenté de s'occuper d'autre chose que de ses travaux scientifiques.

Quant à M. Machin, il conserva précieusement les signatures du sieur Zacharie, car il croyait avoir trouvé un moyen de faire rendre gorge à cet effronté voleur. M. Grimaud le plaignait d'avoir échangé de mauvaises valeurs contre de bons billets de banque.

— De mauvaises valeurs ! lui dit M. Machin. Je n'ai jamais fait une si belle affaire, puisque j'ai rendu l'argent à un honnête homme et que je ferai financer un fripon. Aussi, mon cher Grimaud, je veux non-seulement vous laisser les cinq cents francs de commission que vous avez eu l'esprit de demander à madame Aubert pour lui inspirer plus de confiance, mais je veux y ajouter la même somme en reconnaissance de votre habile négociation.

XVI

UNE GRANDE FÊTE

Quel changement inattendu ! quel miracle de la charité ! M. Aubert n'était plus malade ; sa famille n'était plus malheureuse ; Jenny restait à la pension avec sa fidèle amie ; elle avait retrouvé, avec sa gaieté, la vivacité de son regard et la fraîcheur de ses joues roses.

Il faut renoncer à décrire le bonheur et les ravissements de Madeleine. Elle pleurait et elle riait à la fois, elle embrassait sa jeune amie et faisait mille folies.

— Tu vois bien, lui disait-elle, qu'il ne faut jamais désespérer. A présent, nous ne nous quitterons plus, nous sortirons ensemble de la pension et nous nous verrons tous les jours comme mon père me l'a promis.

Il fallut cependant calmer ces transports pour se livrer au recueillement qu'exige la grande cérémonie religieuse qui allait s'accomplir. Que d'actions de grâce furent adressées par ces jeunes cœurs à la Providence qui avait répandu ses bénédictions sur cette famille affligée ! Et la Providence dont les voies sont mystérieuses avait eu recours cette fois à la bourse de M. Machin, qui était bien souvent le ministre de ses charités.

Si Madeleine avait supporté avec tant de courage le malheur qui lui était personnel,

si elle avait été si affligée du désastre de son amie, et ensuite si heureuse de la voir hors de peine, c'est que l'égoïsme avait fait place à l'esprit de charité ; c'est que Madeleine était corrigée et sauvée. M. Machin le comprit ainsi, et il annonça à sa fille son prochain retour, comme on le verra par la lettre suivante :

« Ma chère enfant,

« J'étais bien loin de Paris quand tu m'as envoyé tes dernières lettres. J'ai reçu en même temps la nouvelle du désastre qui frappait la famille de ta jeune amie, et de l'heureux et inattendu dénoûment que tu me fais connaître. Je suis heureux de voir que ton bon cœur t'a fait partager toutes les émotions de ta chère Jenny.

« Les épreuves que tu as eu à souffrir toi-même t'ont fait comprendre la vie. Tu sais maintenant qu'elle n'a de prix qu'autant que nous partageons les joies et les douleurs de ceux qui nous sont chers.

« Toute affaire cessante, je me hâte de revenir près de toi, et si je n'ai pu rien faire pour secourir ta jeune amie, je me fais une fête de la connaître, et de vous donner occasion de vous voir souvent, si les parents de ta chère compagne le permettent.

« Au revoir et à bientôt, ma chère enfant,

« Ton père qui t'embrasse et qui t'aime,

« MACHIN. »

Cette lettre fut reçue avec une grande joie par la Madeleine convertie ; elle fut communiquée à Jenny, qui prit sa part de ce bonheur.

Peu de jours après, on vint annoncer dans la cour de récréation qu'une personne attendait Madeleine au parloir.

— C'est lui, dit Madeleine, en prenant la main de Jenny, qu'elle entraîna avec elle ; et bientôt elle était dans les bras de son père.

Elle qui avait supporté avec tant de résignation cette longue et pénible séparation, qu'elle regardait comme une expiation de ses torts, la pauvre enfant, elle ne pouvait supporter la joie du retour ; elle avait peine à prononcer quelques mots entrecoupés ; elle pleurait et faisait pitié.

M. Machin la prit sur ses genoux, il l'embrassait et il pouvait à peine la *consoler*.

— Chère enfant, lui dit-il, nous voilà réunis ; nous ne nous quitterons plus. Comme te voilà grandie et forte ! mais il faut supporter les heureux jours comme tu as enduré les épreuves du malheur. Et moi, chère Madeleine, crois-tu que je n'ai pas souffert de cette séparation nécessaire ? tu sauras plus tard ce qu'elle m'a coûté.

Madeleine s'essuyait les yeux ; sans avoir la force de parler, elle prenait le bras de

Jenny, et elle amenait sa jeune amie devant son père, qui l'embrassa à son tour, en la remerciant d'avoir tenu si bonne compagnie à sa fille délaissée.

Ces émotions se calmèrent enfin ; la sérénité revint sur ce jeune visage, comme un rayon revient après une petite pluie de printemps. On fit ensemble de beaux projets d'avenir, car nul ne se contente du bonheur présent.

Le jour de la première communion impatiemment attendu par toutes ces jeunes âmes était enfin arrivé. Cette belle fête religieuse avait lieu dans la modeste chapelle de la pension ; elle n'empruntait pas son éclat à la pompe des cérémonies ; elle était toute entière dans les sentiments qu'elle inspire, dans les émotions des jeunes néophytes et de l'assistance.

C'est, en effet, un spectacle auquel les cœurs les plus froids ne sauraient demeurer indifférents. C'est l'innocence qui vient se donner à Dieu, et qui reçoit en échange le don de Dieu. C'est la première initiation à la vie de l'âme, c'est la promesse d'une vie sage et soumise et dévouée, c'est le jour des résolutions ferventes et des plus tendres effusions religieuses. A travers ces légers voiles blancs, les formes matérielles disparaissent ; il semble qu'on ne voit plus que des âmes qui traversent le saint parvis.

Madame Blanchet, pour éviter un travers qui tend à se généraliser, ne permettait pas aux parents de ses élèves de les orner de bijoux précieux, et de les parer comme de petites mariées. Les plus riches et les plus pauvres étaient voilées avec la même simplicité. Elles témoignaient ainsi plus de respect pour le grand acte qu'elles allaient accomplir.

Le haut dignitaire de l'Église qui avait daigné présider à cette cérémonie adressa au jeune auditoire une allocution toute paternelle. Il n'eut pas de peine à émouvoir ces jeunes initiées à la vie divine.

A l'office du soir, les jeunes filles, portant un cierge allumé, se présentent successivement deux à deux au pied de l'autel pour renouveler les vœux du baptême.

On vit paraître à leur tour Madeleine et Jenny, se tenant par la main, et elles prononcèrent ensemble d'une voix sonore les paroles consacrées : « Je renonce au démon, à ses pompes et à ses œuvres. »

M. Machin suivait cette scène avec recueillement. — Ces pauvres enfants, ces pauvres créatures, se disait-il en cachant une larme, je vous demande un peu ce qu'elles connaissent des pompes du démon !...

Cependant toute l'assistance était touchée d'un renoncement aussi fervent, aussi sincère que celui des premiers chrétiens qui bravaient le martyre en refusant de sacrifier aux faux dieux.

L'éclat des lumières vacillant entre les mains des jeunes filles, le parfum des fleurs et de l'encens, le chant des cantiques d'actions de grâces : tout avait contribué aux émotions de cette belle et heureuse journée.

INAUGURATION DE L'ASILE MACHINI

XVII

L'ASILE MACHINI

M. Machin avait de grandes obligations à madame Blanchet, dont la douceur et la fermeté avaient opéré un tel changement dans le caractère de sa fille, et il ne fut pas ingrat.

Il fut convenu que Madeleine resterait encore à la pension jusqu'aux vacances, et qu'alors elle reviendrait à la maison de Montrouge pour tenir compagnie à son père, qui ne pouvait se passer plus longtemps de sa présence; et Jenny, qui aimait aussi à faire toutes les volontés de mademoiselle Machin, devait quitter la pension à la même époque.

Par le plus heureux des hasards, M. et madame Aubert avaient trouvé à louer à Montrouge, dans le voisinage de M. Machin, une jolie maison qui leur avait été proposée à un prix si avantageux, qu'il fallut s'empresser de profiter d'une occasion si extraordinaire.

M. Machin n'était peut-être pas tout à fait étranger à cette proposition avantageuse; nous savons que ce digne homme était extrêmement dissimulé, malgré toutes les bonnes qualités que nous lui reconnaissons. Il affecta la plus grande surprise quand sa fille Madeleine lui fit part de cette bonne nouvelle.

— Voilà, dit-il, un de ces bons hasards auquel on ne pouvait s'attendre. Paris est bien grand, et c'est tout juste à côté de nous que ta chère compagne viendra demeurer avec sa famille. N'est-ce pas ce que tu désirais le plus? A présent que tu es devenue bonne et raisonnable, on dirait vraiment que c'est la Providence qui, à son tour, veut faire tes trente-six volontés. Tu vois, chère enfant, qu'il ne faut pas désespérer pour une mauvaise année; après la pluie vient le beau temps.

En effet, il n'y avait plus un nuage à l'horizon. Il ne restait à M. Machin qu'à jouir du plaisir qu'il s'était ménagé par son intelligente générosité. Il employa le peu de temps qui lui restait à faire les derniers préparatifs pour l'installation de l'*Asile Machini*. Les aménagements intérieurs étaient terminés; les armoires et les bahuts étaient remplis de linge; les provisions de toute espèce étaient accumulées dans l'office et dans les celliers; les jardins étaient garnis de fleurs; les fonctionnaires et employés étaient à leur poste.

Le jour de l'inauguration de cet établissement modèle devait être un grand jour. Madeleine avait dit adieu à la pension, où elle n'avait laissé que de bons souvenirs. Elle était réintégrée dans la maison de Montrouge. Elle y avait retrouvé, comme un avertissement, et presque une menace, la malle monumentale qui devait contenir ses bagages au temps de sa splendeur; mais elle était bien revenue de toutes ces vanités. Son père lui avait donné beaucoup de besogne à la maison, pour lui laisser ignorer les préparatifs qu'il faisait mystérieusement de son côté.

Il avait invité à déjeuner quelques amis, parmi lesquels se trouvaient madame Blanchet et ses nouveaux voisins, M. et madame Aubert avec leur fille Jenny.

Il va sans dire que madame Gertrude et sa fille Louise étaient de la fête. Elles avaient été bien assidues à visiter Madeleine pendant son séjour à la pension. Elles avaient adouci son exil par leurs soins empressés. Madeleine en était reconnaissante; mais Louise était déjà une grande personne; il y avait entre les deux cousines trop de différence d'âge pour qu'il pût s'établir entre elles une intimité fraternelle comme celle qui s'était établie entre les deux petites compagnes de pension.

C'est dans cette réunion que M. Aubert eut l'occasion de revoir M. Grimaud, qu'il avait rencontré autrefois au bois de Boulogne avec Madeleine. Une indiscrétion toute naturelle de madame Aubert lui avait appris que M. Grimaud n'était autre que le négociant qui avait recherché avec tant d'insistance les valeurs douteuses signées Zacharie.

Cette coïncidence fut pour lui un trait de lumière. Il soupçonna que M. Machin lui-même pourrait bien ne pas être étranger à cette singulière opération. Il prit à part M. Machin et lui raconta franchement ses doutes et ses scrupules.

— Eh! mon cher monsieur, lui dit M. Machin avec bonhomie, pour qui me prenez-vous? Je conviens bien que j'ai acheté votre créance par l'entremise de mon fidèle Grimaud, mais j'avais tout intérêt à le faire.

— En effet, interrompit en riant M. Aubert, vous me paraissez un homme très-intéressé!

— Les affaires sont les affaires, reprit M. Machin. J'ai un compte à régler avec le sieur Zacharie. Je vous ferai voir mon dossier quand vous voudrez. Eh bien! quand les experts nous auront mis d'accord sur le chiffre, je le payerai avec ses propres billets. Il n'aura pas à se plaindre, et moi j'y trouverai mon compte.

M. Aubert n'était pas encore bien convaincu; mais, pour couper court, son interlocuteur allégua que le déjeuner n'était pas prêt, et proposa à la compagnie une promenade au bout du pays. Des voitures étaient à la disposition des promeneurs; on se mit en route, et, après quelques pérégrinations, les équipages s'arrêtèrent devant l'*Asile Machini*, où cette société était attendue par les fonctionnaires et les membres commissaires de l'association ouvrière.

A peine l'arrivée du maître était signalée, qu'une musique de fanfares se fit entendre. Les ordonnateurs de la fête se présentèrent sur le seuil pour recevoir M. Machin et sa compagnie.

Madeleine, très-étonnée, demanda à son père de quoi il s'agissait.

M. Machin lui donna la main pour descendre de voiture et lui montra l'inscription placée en lettres d'or sur la porte de l'hôtel.

— Asile Machini! dit Madeleine avec la plus grande surprise; qu'est-ce que cela veut dire?

— Chère enfant, dit M. Machin, c'est la seule pierre que j'aie sauvée de notre ancien hôtel et ce sera pour nous la plus précieuse. — J'ai transmis à nos fidèles ouvriers un nom que nous ne pouvions porter nous-mêmes.

— Oh! pardon, s'écria Madeleine, pardon, mon père, je ne le ferai plus!

— Je le sais, continua M. Machin, j'en suis bien sûr! et à présent que tu es guérie de ta vanité, je sais aussi que tu seras heureuse de voir ce luxe, qui ne convenait pas à notre simplicité, transformé en une fondation utile pour les braves gens dont les bras nous ont aidés à faire fortune.

— Mon bon père, dit Madeleine, vous n'avez donc pas désespéré de votre fille? vous avez deviné que je deviendrais sage un jour? et aujourd'hui, je suis deux fois heureuse, car j'apprends que vos malheurs étaient imaginaires, et que tant de pauvres gens trouveront le nécessaire dans ce qui était notre superflu. Je regretterai moins ma faute, puisque l'expiation en est si douce.

Quand Madeleine fut entrée dans la cour d'honneur, un groupe d'enfants endimanchés vint lui offrir un énorme bouquet de fleurs, pendant que la musique, recrutée parmi les membres de la société de secours, continuait ses fanfares.

Madeleine en était toute confuse. Elle sentit bien qu'elle n'avait rien mérité de cet hommage. — Oh! non, dit-elle, en pleurant, ce n'est pas à moi qu'il faut donner ces fleurs. Je n'en suis pas digne. Voilà celui qui a tout fait, ajouta-t-elle en donnant le bouquet à son père.

Madeleine, après avoir remercié les enfants, embrassa la petite fille qui portait les fleurs, et elle fut bien surprise de retrouver en elle l'enfant qu'au temps de sa splendeur elle avait secourue de si mauvaise grâce, parce qu'elle avait le *malheur* de s'appeler *Madelon;* puis elle se réfugia au second plan et prit la main de Jenny. Elle retrouva encore, dans le personnel de l'asile Machini, madame Lebrun, son ancienne dame de compagnie, à laquelle elle avait autrefois rendu la vie dure. Elle lui demanda pardon de bonne grâce de tous ses caprices, de ses trente-six volontés. Elle embrassa aussi la jeune Claudine, qui avait trouvé un emploi dans le service de la lingerie.

Il n'est pas de plus belles fêtes que celles de la charité. Elles doivent leur attrait à l'effusion de ceux qui donnent, à la reconnaissance de ceux qui reçoivent, à l'émotion toute naturelle des spectateurs. C'est l'éternel combat du bien qui lutte contre le mal, sous le regard de Dieu, et qui remporte souvent la victoire.

On se rendit d'abord à la chapelle où M. le curé de Montrouge fit les prières; puis ce fut avec un vif intérêt qu'on visita l'établissement dans ses moindres détails : parloir, bibliothèque, dortoirs, infirmerie, salles de bain, sans oublier les cuisines, les jardins et les dépendances.

On s'arrêta enfin dans la grande salle du réfectoire, où le déjeuner promis par M. Machin était servi.

Les membres délégués de l'association ouvrière prirent place à la grande table avec les fonctionnaires et les invités.

A la fin du repas, M. le curé appela encore les bénédictions du Seigneur sur la maison, sur les ombrages salutaires, sur les eaux jaillissantes, sur ceux qui devaient habiter cet asile, et sur l'homme bienfaisant qui leur avait réservé ces jours de repos.

M. Aubert voulut prendre la parole à son tour; il fit des vœux pour qu'un si bel exemple portât des fruits, pour que les familles des travailleurs trouvent dans cet heureux séjour la santé et la force du corps, et dans les livres qui seraient mis à leur disposition, la santé et la force de l'intelligence.

— Mais, dit-il en finissant, d'une voix plus émue, il y a des hommes de bien qui cachent leurs bonnes œuvres comme d'autres dissimulent leurs fautes et leurs crimes...

— La séance est levée, dit en riant M. Machin, qui devinait qu'on allait parler de lui, et s'avançant vers M. Aubert, il lui tendit la main en protestant de son *innocence*.

Madeleine et Jenny, voyant leurs parents s'entretenir de si bonne amitié, s'embrassèrent encore comme deux sœurs.

C'est ainsi que l'hôtel Machin devint l'asile Machini.

C'est ainsi que mademoiselle de Machini redevint tout bonnement Madeleine Machin, et que l'enfant qui était si insupportable quand tout le monde faisait ses Trente-six Volontés, fut transformée en une bonne et aimable jeune fille.

FIN

TABLE

OUVRAGES DE J. T. DE SAINT-GERMAIN

(JULES TARDIEU)

LÉGENDES

Pour une Épingle. Légende. 17e édition.
Mignon. Légende. 16e édition
L'Art d'être malheureux. Légende. 8e édition.
Lady Clare. Légende. 8e édition.
La Veilleuse. Légende. 8e édition.
Pour parvenir. Légende. 8e édition.
La Feuille de coudrier et la Fontaine de Médicis. 1 vol. in-18 avec miniatures. 3e édition.
Le Chalet d'Auteuil. Légende. 4e édition.
La Trêve de Dieu. Souvenirs d'un dimanche d'été. 4e édition.
Dolorès. Légende. 3e édition.
Les extrêmes. Légende.
Lettres à la dame de cœur.

Nota. — La plupart des Légendes de J. T. de Saint-Germain, souvent réimprimées, ont été traduites dans les divers pays de l'Europe, distribuées dans les Bibliothèques scolaires et admises pour la distribution des prix dans les lycées impériaux.

Prix de chaque volume broché, 1 fr. — Relié toile anglaise, 1 fr. 60.

Légendes de J. T. de Saint-Germain, reliées en 6 volumes, toile anglaise, tranche dorée, 21 fr.

Les Roses de Noël. Dernières fleurs, par J. T. de Saint-Germain. *Spirat adhuc amor*. (Horace.) Prenez-garde, il y a de l'amour. (Avertissement.) 3e édition. 1 joli vol. gr. in-8e, imprimé sur papier supérieur, en caractères de fantaisie, tiré à petit nombre. . . 2 fr.
La Turbotière. Nouvelle. 1 vol. in-24. . . . . . 60 c.
Le Miracle des Roses. Opérette. . . . . . . 60 c.
Partition par Luigi Bordèse. . . . . 4 fr.
La Légende de l'Épingle, suivie de **la Feuille de coudrier**, avec préface inédite. Édition illustrée (Th. Lefèvre, éditeur, rue des Poitevins, 2). 1 beau vol. gr. in-18, avec gr. sur acier. Broch., 10 fr.; relié, 14 fr.
Les trente-six volontés de Mademoiselle. 1 vol. gr. in-8 avec grav. de Ch. Vernier. Cart. élég. 5 fr.
Le même, colorié. . . . . 6 fr. 50
Le même, relié. . . . . 9 fr.
Bébé ne sait pas lire, *livre des enfants qui ne savent pas lire*, pantomime en 50 tableaux coloriés. 1 vol. in-8, cartonné. . . . . 5 fr.
Quand Bébé saura lire, *premier livre de lecture*; notions élémentaires. Histoire de Jean Cassecou. In-8, fig. color., cart. . . . . 2 fr.
Portrait photographié de M. J. T. de Saint-Germain (Jules Tardieu), carte, 1 fr.; format in-8. 5 fr.

---

8. — IMP. SIMON RAÇON ET COMP., RUE D'ERFURTH, 1.

BAGAGES
DE
A
DIEPPE